Ferdinand Vetter

Über die Sage von der Herkunft der Schwyzer und Oberhasler

aus Schweden und Friesland

Ferdinand Vetter

Über die Sage von der Herkunft der Schwyzer und Oberhasler
aus Schweden und Friesland

ISBN/EAN: 9783741192791

Hergestellt in Europa, USA, Kanada, Australien, Japan

Cover: Foto ©Andreas Hilbeck / pixelio.de

Manufactured and distributed by brebook publishing software
(www.brebook.com)

Ferdinand Vetter

Über die Sage von der Herkunft der Schwyzer und Oberhasler

Ueber die Sage

von der

Herkunft der Schwyzer und Oberhasler

aus

Schweden und Friesland.

Mit einem Anhang:

Das Ostfriesenlied der Oberhasler.

Von

Ferdinand Vetter.

nzelabdruck aus der zur vierten Säkularfeier der Universität Upsala verfassten Festschrift der Universität Bern.

Bern, 1877.

In Kommission der Dalp'schen Buchhandlung (K. Schmid).

Ueber die Sage

von der

Herkunft der Schwyzer und Oberhasler

aus Schweden und Friesland.

Von

Ferdinand Vetter.

Der entferntesten Vertreterin der Wissenschaft germanischer Zunge im hohen Norden bringt heute die südlichste ihrer Schwestern den festlichen Glückwunsch. Jene hält die leuchtende Fackel über einem Volke, das, im ältesten Erbsitz und Heimatland der deutschen Stämme wohnend, auf meerumflossener Feste Jahrtausende lang germanisches Volksthum gegen Norden und Osten hin gewahrt und gemehrt hat; diese nährt ihr bescheidenes Lämpchen auf einem der vorgeschobensten Bollwerke deutscher Nationalität, über dessen Wälle in Jura und Alpen der Germane dem fränkischen und italischen Bruder die Hand reicht.

Eine der ältesten stammverwandten Hochschulen und eine der jüngsten, wenn nicht die jüngste: so stehen sich ferner die beiden Schwestern heute gegenüber. In dem Jahre, wo am Ufer des Mälar-Sees die kräftige Hand des Reichsverwesers den Grundstein zum Bau der Universität Upsala legte, zogen von Nanzig her zu den Thoren Berns die Besieger Karls des Kühnen ein, und „Nüchtlands Haupt“ war noch ein Kriegslager, unter dessen Waffengeklirr die Musen schwiegen; als aber endlich auch hier eine geistig bewegte Zeit eine Pflanzstätte der Wissenschaft schuf, da zählte die ferne Genossin beinahe schon so viele Jahrhunderte, als diese heut Jahrzehnde.

Auch die historische Bedeutung der beiden Orte als Bildungsstätten, wie als Culturstätten überhaupt, ist eine gar sehr verschiedene. Wenn Upsala-Audhr schon aus grauester Vorzeit als Sitz der Könige seines Volkes und gemeinsames Heiligthum hervortritt, wo Frey selber einst, der gute Gott, als König geherrscht hatte und sein Bild neben dem Odhins und Thôrs stand, bis der heidnische Oberpriester einem christlichen Erzbischof wich: so erscheint die Stadt der Zähringer in ihren Anfängen als Stiftung eines späten Herzogshauses und als Filiale eines christlichen Ritterordens, ihre Macht beschränkt auf die aarumgürtete Halbinsel. Und wenn die Zöglinge der nordischen Alma mater im 16. Jahrhundert durch die Disputation

2

und die Synode von Upsala die kirchlichen Schicksale ihres Landes, und damit zugleich im Voraus einen Theil derjenigen von Deutschland, entschieden haben: so beschränkt sich die öffentliche Thätigkeit der Lehrer und Schüler unserer Universität auf die Betheiligung an den kleinen Parteikämpfen des jüngsten Menschenalters im engern Vaterlande.

Gedenken wir endlich, beinahe schon beengt durch die Grösse solcher Vorzüge und Verdienste, noch der Fülle von wissenschaftlichen Schätzen, deren Hüterin die Universität Upsala ist, und unter denen Vulfila's ehrwürdiges Werk, der schwedischen Glaubenskämpfer köstliche Siegesbeute, für sich allein den gesammten Besitz mancher Schwesterbibliothek aufwiegen könnte: so muss vor solchem Reichthum in der That unsere Armuth in Verlegenheit gerathen, und wir uns fragen, wie heute solch erlauchter Wirthin gegenüber von uns Fremdlingen der alten Sitte eines wissenschaftlichen Gastgeschenkes würdig zu genügen sei.

Wie aber, wenn sich fände, dass heute in Upsals „hohem Saale" wir Schweizer nicht fremde Gäste, dass wir ausgewanderte Kinder des Hauses wären, die beim Jubelfeste der ältesten Bildungsanstalt des Mutterlandes, wie selbstverständlich, sich aus eigenem Antrieb eingefunden hätten, um zu empfangen, ohne zum Geben verpflichtet zu sein? wenn *sie*, deren leibliche zwar nicht, aber politische Söhne und Erben wir uns rühmen, die alten Schwyzer und Unterwaldner, einst auch zu Upsala geopfert und vom gemeinsamen Nationalheiligthum aus den Brautwagen Frey's durch das feiernde Land geleitet hätten? wenn somit das heutige Eintreffen der schweizerischen Abordnung im gastlichen Norden nur eine Art friedlicher „Rückkehr der Herakliden" in die alte Heimat wäre, dieselbe der Fortdauer des Stammes im fernen Berglande zu versichern?

Schon einmal nämlich, erzählt die Sage, haben wandernde Männer denselben langen Weg, aber in umgekehrter Richtung, gemacht; ausgewanderte Schweden, mit Friesen verbündet, haben dem schweizerischen Gebirgslande seine erste Bevölkerung gegeben; die Schwyzer, die Schweizer sind Schweden.

Nicht wenige ältere und neuere Forscher, schwedische und schweizerische, haben diese Sage als historisch begründet aufgefasst und zu erweisen gesucht.

Dürfen wir ihnen zustimmen, so braucht es für unser Kommen mit leeren Händen keiner Entschuldigung; wenn nicht, so dürfte wohl eine kurze Besprechung der Frage, in Ermangelung eines Bessern, als Gastgeschenk gelten.

Dieser seien denn die folgenden Blätter gewidmet.

Die Sage und ihre Ueberlieferung.

Hört, was die alten Hirten sich erzählen.
Es war ein grosses Volk, hinten im Lande
Nach Mitternacht, das litt von schwerer Theurung.
In dieser Noth beschloss die Landsgemeinde,
Dass je der zehnte Bürger nach dem Loos
Der Väter Land verlasse — das geschah!
Und zogen aus, wehklagend, Männer und Weiber,
Ein grosser Heerzug, nach der Mittagsonne, .
Mit dem Schwert sich schlagend durch das deutsche Land,
Bis an das Hochland dieser Waldgebirge.
Und eher nicht ermüdete der Zug,
Bis dass sie kamen in das wilde Thal,
Wo jetzt die Muotta zwischen Wiesen rinnt —
Nicht Menschenspuren waren hier zu sehen,
Nur eine Hütte stand am Ufer einsam,
Da sass ein Mann und wartete der Fähre —
Doch heftig wogete der See und war
Nicht fahrbar; da besahen sie das Land

Sich näher und gewahrten schöne Fülle
Des Holzes und entdeckten gute Brunnen,
Und meinten, sich im lieben Vaterland
Zu finden — Da beschlossen sie zu bleiben,
Erbaueten den alten Flecken *Schwytz*,
Und hatten manchen sauren Tag, den Wald
Mit weitverschlungnen Wurzeln auszuroden —
Drauf, als der Boden nicht mehr Gnügen that
Der Zahl des Volks, da zogen sie hinüber
Zum schwarzen Berg, ja bis an's Weissland hin,
Wo hinter ewgem Eiseswall verborgen,
Ein andres Volk in andern Zungen spricht.
Den Flecken *Stanz* erbauten sie am Kernwald,
Den Flecken *Altorf* in dem Thal der Reuss —
Doch blieben sie des Ursprungs stets gedenk,
Aus all den fremden Stämmen, die seitdem
In Mitte ihres Lands sich angesiedelt,
Finden die Schwytzer Männer sich heraus,
Es gibt das Herz, das Blut sich zu erkennen.

Diese Worte, welche unser Schiller unsern Stauffacher an heiliger Stätte zum versammelten Volke sprechen lässt, fassen am besten und bündigsten die verschiedenen Theile der Ueberlieferung vom Ursprung der Schweizer zusammen: die nothgedrungene Auswanderung aus Norden, die Kämpfe auf dem Zuge, die verhinderte Wasserfahrt als Veranlassung zur Ansiedelung. „Wie's in den Liedern lautet" und wie „die alten Hirten sich erzählen", so berichtet hier das geistige Haupt der Landsgemeinde das Herkommen der drei Völkerschaften am Vierwaldstättersee, um deren Einheit und Eigenartigkeit zu begründen. Solche Erzählungen, solche Lieder aus jener Zeit kennen wir nun freilich nicht; anderthalb Jahrhunderte erst nach der Erhebung gegen Oesterreich erscheint die Sage *schriftlich* überliefert.

Dass hiebei zuerst die Schweizer, und nicht die Schweden, es sind, bei denen das Dasein der Tradition nachgewiesen ist, könnte an sich keinen Verdacht gegen dieselbe begründen. Eines einzelnen Ablegers mochte die alte *officina gentium* und *vagina nationum* im Norden leicht vergessen, nicht so leicht der ferne Sprössling im stammfremden Süden der heimischen Pflanzschule und des bergenden Mutterschoosses.

Erste Erwähnung kommt aus der Schweiz

Aus der Schweiz ist unserm ältesten Gewährsmanne und zugleich ältesten Geschichtschreiber der Schweden, dem Upsaler Dechanten *Ericus Olai* (Olafsson), wohl zur Zeit des Basler Konzils (1431—48) [1]), die Sage zugekommen, dass die Schweizer *(Switenses)*, unter denen er

Ericus Olaï

---

[1]) Ueber die muthmassliche Vermittelung der Sage durch die in Basel erschienenen Upsaler Abgeordneten vgl. Rochholz Tell und Gessler S. 72.

bereits die sämmtlichen Eidgenossen von damals zu verstehen scheint, *von den Schweden oder Gothen abstammen.* Er erwähnt dieser Sage gleich zu Anfang (S. 13) seiner bis 1464 fortgeführten *Chronica Regni Gothorum,* und findet, die Ansicht einiger Andern *(quidam)* unterstützend, in dem Namen des schweizerischen Vororts *Zürich* eine Uebereinstimmung mit demjenigen des vereinigten Schwedenreichs: wie hier unter einem Herrscher mit dem Doppeltitel „König Schwedens und der Gothen" ein aus fünf Reichen vereinigtes Zweireich *(Sveá-rike,* nach Einigen *Zwë-rike)* bestehe, so hätten auch die Schweizer, welche *von den Schweden und Gothen abzustammen behaupteten,* sich in zwei Reiche, ein östliches, *Oesterijke,* und ein westliches, *Swycia ("quasi Suecia"),* getheilt, und ihre Hauptstadt *Zurik,* d. i. *Zweireich,* lateinisch *Turegum,* genannt. [1]) Bei dem Berichte von einer Zweitheilung der Schweiz mag diesen Etymologen wohl die Spaltung der Eidgenossenschaft im alten Zürcher Krieg (1436—46), wo Zürich und Oesterreich zusammen gegen Schwyz standen, vorgeschwebt, und der Name Oesterreich den Anlass gegeben haben, dass von einem östlichen und westlichen, statt von einem nördlichen und südlichen Theile die Rede ist. —

Reichonauer
Glosse. Dass jene Gewährsmänner der Upsaler Abgeordneten mit ihrer Ueberlieferung nicht allein standen, dürfte auch die aus der 1. Hälfte des 15. Jahrhunderts stammende Glosse einer Papierhandschrift von Reichenau, an den Grenzen der heutigen Schweiz, beweisen: *Suecia, alias Helvicia, inde Helvici, id est Suetones.* [2]).

Hemmerlin. Die Aussage des nächsten aufzurufenden Zeugen, eines Nachbars der Schwyzer-Schweden, hat nur bedingte und indirekte Bedeutung für die Feststellung der damaligen Volksüberlieferung, indem sie weiter Nichts beweist, als dass um die Mitte des 15. Jahrhunderts die Sage vom Ursprung der Schwyzer aus einem nordischen Lande in Schwyz gäng und gäbe und in Zürich nicht unbekannt war. Denn die Darstellung *Felix Hemmerlin's* in seiner *"durante prœlio"* (d. h. zwischen 1436 und 46) verfassten Parteischrift *„De nobilitate et rusticitate"* (veröffentlicht 1450), wonach die *Switzer (Switenses)* von den durch Karl den Grossen verbannten heidnischen *Sachsen* [3]) stammen würden, die hier bei Bewachung der Alpenpässe hätten „switten" und des Kaisers Huld erwerben wollen, ist offenbar eine tendenziöse Entstellung der ihm bekannten Ueberlieferung der Schwyzer von ihrem nordischen Ursprung und von frühen Diensten, die sie dem Kaiser geleistet. Es braucht deswegen nicht, wie behauptet worden ist, [4]) Hemmerlin's Pamphlet eine Antwort auf die sogleich zu erwähnende Schrift

---

[1]) . . . usque hodie omnibus his regionibus in unum contractis monarchicum principatum, Rex pro tempore sub duplici titulo se regem nominat Sueciæ scilicet et Gothorum. Unde quidam nomen regionis hoc modo interpretantur et scribunt: *Zwerike,* h. e. duo regna. Cui concordare dicunt, quod civitas principalis *Switensium, qui se a Suecis sive Gothis descendisse fatentur,* vocatur *Zurik,* i. e. duo regna, et latine *Turegum.* Qui et ipsi se similiter diviserunt in duo regna, alterum quod ad orientem tendit vocantes *Oesterijke,* alterum, quod ad occidentem vergit, *Swyciam,* quasi *Sueciam,* nominantes. Weiteres bei Rochholz a. a. O. 72 f. — [2]) Rochholz, Tell 69, nach Mone's Anzeiger. Vgl. *Suethans, Suithidi,* Jornandes 82. 83. — [3]) Die *Friesen,* bei welchen nach Cap. 83 Bl. CXXIX a, obgleich sie noch mehr Vieh 'haben als die Schwyzer, doch die Männer das weibische Geschäft des Kuhmelkens nicht verrichten, sind wohl „ohne bewusste Anspielung" genannt. Dagegen stimmt die Verleihung des rothen Banners durch den Kaiser mit sonstigen Ueberlieferungen: Herkommen S. 194 (Bächtold). — [4]) Balth. Reber, Felix Hemmerlin 1846. F. Fiala im „Urkundio" I, 281—760. Solothurn 1857. Rilliet, des origines de la confédération suisse p. 235. Rochholz, Tell und Gessler 66.

„Vom Herkommen der Schwyzer" zu sein: hätte ihm diese vorgelegen, so wäre, wie Bächtold [1]) mit Recht schliesst, seine Erwiderung, wie seine Vertheidigung vor Gericht 1454, viel polemischer ausgefallen. Er kannte nur die allgemeinsten Züge der Sage und travestierte dieselbe im Parteiinteresse als wüthender Zürcher Stadtbürger und Adelsfreund. Aber erfunden hat er sie eben so wenig wie sein Vorgänger Erik Olafsson.

Völlig ausgeprägt, ausgeschmückt und abgerundet erscheint nun aber der Hauptbestand- **Kiburger, ausführlich.** theil der Sage in dem bekannten Traktat „*Vom Herkommen der Schwyzer und Oberhasler*", [2]) welcher noch eine weitläufige Erzählung von den Römerzügen dieser Völker beifügt. Diese Schrift, die auf Tschudi's Zeugniss hin bis in die neueste Zeit als ein um 1440 entstandenes Werk des Chronisten *Johannes Fründ* galt, ist vielmehr von *Eulogius Kiburger*, Kirchherrn zu Einigen am Thuner See, gestorben zu Bern 1506, verfasst, wie nach einer Stelle des Nauclerus [3]) zuerst Rilliet vermuthet, [4]) dann M. v. Stürler wahrscheinlich gemacht, [5]) zuletzt Bächtold endgiltig festgestellt hat [6]). Ihre Entstehung fällt nach neuester Forschung [7]) in die Fünfziger- oder Sechziger-Jahre des 15. Jahrhunderts, — wenn Stumpf beim Wort zu nehmen ist, [8]) sogar erst in die ersten Siebziger. Sie wurde, wie die in Nürnberg 1497 geschriebene **Handschrr.** *Münchener* Hs. zeigt, auch nach Deutschland verbreitet und u. A. 1534 in Bern durch den Notar Hans Holzmann für *Hasli* kopiert, doch mit Ausmerzung und Aenderung verschiedener Stellen, die den Herren in Bern gefährlich schienen, weil sie an den früheren katholischen Glauben und an die Reichsunmittelbarkeit der soeben erst wieder zum Gehorsam zurückgeführten Unterthanen erinnerten. [9]) Diese Hs. bildet einen Theil des schönen Hasler „Landbuchs" zu Meiringen. Eine dritte Hs., jetzt in *Genf*, stammt aus Brunnen in Schwyz. Kiburger will, wie schon in seinem andern, grössern Werke, der fabelnden Stretlinger Chronik, aus einer lateinischen Quelle übersetzt und eine Reihe von Schriftstellern benutzt haben, die **Quellen.** jedoch, wie Hungerbühler nachgewiesen, [10]) zum Theil nur dem Namen nach ihm bekannt waren, zum Theil ihm lediglich seine dürftigen Angaben über spätere römische Kaisergeschichte lieferten. Das Uebrige wäre, nach den Neueren, [11]) Entlehnung aus fremden Sagen und eigene Erfindung des Schreibers. Er erzählt:

„Unter dem König *Cisbertus* [12]) von *Schweden* und dem Grafen *Christoffel* von *Ostfries-* **Inhalt. I. Theil** *land* herrschte bei den Schweden und Friesen schwere Theurung. Cisbertus berief eine

---

[1]) Bächtold, die Stretlinger Chronik (a. u. d. T. Bächtold und Vetter, Bibliothek älterer Schriftwerke der deutschen Schweiz, Bd. I) S. LXXIX f. — [2]) Herausgegeben nach der Genfer Hs. von Hungerbühler in den St. Galler Mittheilungen zur vaterländischen Geschichte, XIV (N. F. IV) 1872, S. 15—81, und nach der Münchener und Berner Hs. von Bächtold in der „Stretlinger Chronik" S. 179—197. Vgl. Schweiz. Geschichtsforscher 1880, S. 316 u. 329. — [3]) Chronicon universale II, 863 ff. Hæc . . . refert quidam *Eulogius.* — [4]) Origines de la confédération suisse p. 881 (Note 9 zum 2. Theil), deutsche Uebersetzung von Brunner S. 842. — [5]) Anzeiger für schweizerische Geschichte, VII. Jahrg. (Neue Folge) S. 289—241. — [6]) a. a. O. LXX. — [7]) Bächtold LXXXI. — [8]) Ebenda LXXIV. — [9]) Hungerbühler 11 f., 75 f. Eine späte, sehr entstellte Abschrift von Isaac Zopfy befindet sich im „Erneuerten Land-Urbar" von Meiringen, 1781, eine andere im Staatsarchiv von Bern; diese stimmt jedoch, soweit ich nach flüchtiger Besichtigung urtheilen kann, mit der schönen Hasler Pergamenths. nicht völlig überein; ich bezeichne daher die *Berner* Abschrift nach Bächtolds Vorgang (der sie als Repräsentantin der Hasler nimmt) mit H, die Meiringer Pergamenthandschrift von 1534 mit M¹, die Meiringer Abschrift von 1781 mit M². Ihr gegenseitiges Verhältniss bleibt noch zu untersuchen. — [10]) a. a. O. S. 32 ff. — [11]) Hungerbühler S. 41—46, Rochholz 81, Bächtold LXXXIV f. — [12]) So die Münchener Hs. (M); die Genfer (G) und Berner Hs. (H) haben *Gisbertus,* das „erneuerte Land-Urbar" zu Meiringen (M²) *Riessbertus.*

Versammlung und erliess gemeinsam mit ihr ein Gesetz, wornach Monat für Monat je der zehnte Mann nach dem Loos mit allem Hausgesind und Vieh auswandern musste oder, wenn er sich dessen weigerte, getödtet wurde. Als die Noth fortdauerte, geschah die Ausloosung jede Woche. Die Vertriebenen — nach *Alfonsus us Friesenland* 6000 Schweden und 1200 Friesen, Weiber und Kinder nicht mitgerechnet — sammelten sich, machten einen Bund, verheerten das umliegende Land und zogen viel streitbaren Volkes mit sich; endlich gelangten sie, wie *Plinius der Poet* berichtet, an den Rhein und zogen diesem entlang gen Süden. Da verlegten ihnen *Priamus* und *Herr Peter von Mos*, Fürsten und Herzoge aus Frankreich, den Weg; aber die Auswanderer theilten sich in drei Haufen unter den schwedischen Hauptleuten *Swicerus* [1]) und *Remus* [2]) und dem Friesen *Wadislaus*, der aus der Stadt *Hasnis* [3]) zwischen Schweden und Ostfriesen stammte, und schlugen die viermal stärkern Franzosen. Weiter den Rhein hinauf ziehend gelangten sie zu dem *brochen birg* oder *Freckmünd* [4]) im Herzogthum *Osterrich*. In diesem Lande, das ihrer bergigen Heimath glich, beschlossen sie sich niederzulassen, und erhielten dasselbe von dem Grafen von *Haptspurg*, [5]) um es urbar zu machen. *Swicerus* aus der königlichen Stadt *Sueden* und sein Mitgesell *Remus* nahmen das Land am Freckmünd bis an die lampartischen Gebirge ein, welches rechts an das mindere Burgund, links an das Herzogthum Schwaben stösst; *Wadislaus* aber besetzte das Thal jenseits der *schwarzen Berge*, die nun *Brünig* heissen, am Ursprung der *Aar:* es ist das heutige *Hasli* [6]), so genannt nach des Führers Vaterstadt *Hasnis*.

II. Theil. In Rom hinterliess im Jahre 387 der christliche Kaiser *Theodosius* der Aeltere, von welchem *St. Ambrosius* viel Löbliches schreibt, zwei Söhne, *Honorius* und *Archadius*. [7]) Im Jahre 398 empörten sich die Römer gegen sie und den Christenglauben unter Anführung des Heiden *Eugenius*, der, wie der Dichter *Claudianus Florentinus* berichtet, seinen von *Theodosius* in den Bergen und Alpen Apuliens erschlagenen Vater rächen wollte. Die beiden Brüder, sammt dem Papst *Anastasius* aus Rom vertrieben, suchten Hilfe bei *Radagusius* [8]), dem König der Gothen; dieser aber wurde, wie *Plinius* und *Johannes Franciscus Petrarcha von Ancysa* [9]) bezeugen, besiegt und erschlagen und sein Volk, soweit es nicht gefallen, wie das Vieh verkauft. Inzwischen waren Kaiser *Archadius* und Papst *Anastasius* zu *Constantinopel* gestorben; jenem folgte im Osten sein Sohn *Theodosius* der Jüngere, diesem Papst *Innocencius* und Papst *Zosimus* [10]), welcher die Kirche ausserhalb der Stadt Rom mühsam aufrecht erhielt. Aber der Gothenkönig *Alaricus* [11]), *Radagusien* Sohn, beschloss die Kirche und seinen Vater zu rächen; gemeinsam mit *Zosimus* und den beiden Kaisern *Honorius* und *Theodosius* d. J. berief er alle Christenleute zusammen. Auch von den streitbaren Männern in den Alpen hörten sie, und

---

[1]) G *Schwythernus*, H und M¹ *Schwitzerus*, M² *Schweizerus*. — [2]) M² *er muss* (so noch oft die Namen entstellt). — [3]) H *Hasius*, M² *Hassius*. — [4]) G *Frackmund*; = *fractus mons*, der heutige Pilatus. — [5]) G *Habsspurg*, H *Hapspurg*. — [6]) Sonst meist „*Hasli im Weissland*", wie in älteren Aktenstücken zu Meiringen immer; die „Bernischen Thäler Weissland und Siebenthal" nennt z. B. auch Haller (Gedichte, Bern 1772, S. 46). — [7]) M² *Hamrius oder Archadius*, al. *Leonerius*. — [8]) H *Radagusus*. — [9]) M *Patriarcha von Lantzysa*, G *Petrarcha von Ancysa*, al. *Franciscus Petrarch*, H *Johannes Franciscus und Petrarcha von Lantzisa*, al. *Franciscus der Patriarch*. Ueber den „Patriarchen" Franz Petrarca, der statt seines Schülers *Benvenuto Rambaldi* (geb. 1306) als Verfasser des *Liber Augustalis* erscheint, vergl. Hungerbühler S. 36 f. — [10]) H *Zosinnus*. — [11]) H *Allaritus*, M¹ *Alarytus*.

sandten Briefe an *Schwyz* und *Hasli*, an jedes besonders. Die beiden Völker, eingedenk der erlittenen Prüfung und der begangenen Frevel, gelobten gerne das heilige Werk und zogen dem König *Alaricus* zu. *Suicerus* und *Remus*, die in seinem Heere den Vorstreit hatten, kämpften gleich Löwen und Riesen bei der *Löwenvorstadt*[1]), gewannen sie und eroberten, obwohl mit schwerem Verluste, laut der Chronik *Martiniana*, 12 Fürstenpanner, während an der *Lindbruck*[2]) *Wadislaus* mit seinen Haslern die *Engelburg*[3]) einnahm. Die Tiber floss roth von Blut; die Römer liess *Alaricus*, wie *Franciscus der Petrarch* in seiner Chronik, genannt *Augustalis*, schreibt, meistens erschlagen. Als Lohn wünschten und erhielten die Schwyzer, die kein eigenes Feldzeichen hatten, ein rothes Banner mit Kreuz, und die Reichsfreiheit, nebst päpstlichem Ablass und Segen. Die Hasler forderten zum Schrecken der Kaiser für ihr Banner den einhäuptigen Reichsadler mit der Reichskrone und einem weissen Kreuz darüber: auch ihnen wurde, obzwar ungern, ihre Anmuthung gewährt und die Schenkung durch Briefe bekräftigt."

Soweit unser *Eulogius Kiburger*, der als der ausführlichste der ältern Bearbeiter eine eingehendere Betrachtung forderte. Für den zweiten Theil seiner Darstellung, dessen Werth und angebliche Quellen, verweisen wir auf Hungerbühler (32 ff.); er ist, gerade wie Kiburgers Stretlinger Chronik, entstanden zumeist aus zwei hauptsächlichen Faktoren: aus der „Benutzung theils missverstandener, theils mit Absicht anachronistisch verwendeter Partien des Liber Augustalis", und aus des Verfassers „üppiger Erfindungsgabe, vermöge welcher er bald ursprünglich auseinanderliegende Personen und Begebenheiten zu einem einheitlichen Ganzen verknüpfte, bald rein erdichtete". Einige unklare Erinnerungen an Berührungen mit „römischen" Kaisern in Italien mögen vielleicht daneben noch dem Schreiber vorgeschwebt haben: etwa an die Gesandtschaft der Schwyzer zu Friedrich II. 1240, die ihm ihre Dienste anboten und dafür ihre Reichsunmittelbarkeit bestätigt erhielten[4]); vielleicht auch an die 1500 (?) Schwyzer, die, nach Matthias von Neuenburg, den König Rudolf 1289 vor Besançon unterstützten[5]); oder am Ende an noch frühere Kämpfe deutscher Vorfahren im römischen Heere, woran Uhland bei den ähnlichen Sagen der benachbarten Schwaben denkt[6]): jedenfalls wären aber diese echten Volksüberlieferungen aus dem Wust falscher Gelehrsamkeit, womit der Chronist sie umgab, nicht mehr herauszuschälen. Dieser zweite Theil des „Herkommens" also wird uns hier, wo wir es nur mit der Auswanderungs- und Ansiedelungssage zu thun haben, nicht weiter beschäftigen; auf den ersten, der den Auszug und die Kämpfe unterwegs beschreibt, werden wir zurückkommen.

Die nächstfolgende Erwähnung des schwedischen Ursprungs der Schwyzer findet sich in dem unter dem Namen des *„Weissen Buches"* bekannten Obwaldner Landbuche, welches zum

Marginal notes: II. Theil meist eigenes Machwerk. — Weisses Buch.

---

[1]) M *Löwinstat*, G *Lonnstatt*, H *Leminstatt*; d. i. *Civitas Leonina*. — [2]) M *lind bruck*, G *huot prugg*, H *hutt Brügg*; es ist *Ponte Molle, Pons Milvius* gemeint. — [3]) G *Engelbrugg*. — [4]) Rilliet, Origines p. 73. — [5]) Ebenda 94. 359, wo Matth. v. Neuenburg, ed. Studer, Zürich 1867, p. 24 zitiert ist. Das Memorialschreiben der Schwyzer an die schwäbischen Städte von 1443, also ein amtliches Aktenstück, erwähnt solcher vor vielen hundert Jahren im Dienste der römischen Kaiser unternommenen Kriegszüge „*gen Rom, gen Bisäntz und an andern* (so) *verre vnd usländische end.*" Hungerbühler a. a. O. S. 64. — [6]) Uhlands Schriften VIII, 267, mit Bezug auf Florus 4, 2, verglichen mit der Kaiserchronik und dem Annoliede, wornach Cæsar, dankbar für „der deutschen Herren Trost", seine germanischen Bundesgenossen (die Schwaben voran) reich belohnt und diese zu Rom stets lieb und geehrt sind.

ersten Mal auch die Geschichte Tell's ausführlich erzählt; sie fällt zwischen die Jahre 1467 und 1476. Die Urner, heisst es darin (Bl. CCVIIIa), haben zuerst ihr Land vom römischen Reich erhalten; dann sind *Römer* nach Unterwalden gekommen und vom römischen Reiche gefreit und begabt worden.

„*Darnach sind kömen lüt von Sweden gan Swytz, das dera da heim ze vil was*, die enpfiengen von dem Römschen Rych die fryheit, vnd würden begabet da ze bliben, ze Rüten vnd da zewönen." [1]

Etterlin. Ein neuer und letzter Zug tritt zu der Sage hinzu in der Erzählung *Petermann Etterlins*, der in den Burgunderkriegen der Siebzigerjahre Hauptmann war, und dessen Chronik bis 1503 fortgeführt und 1507 gedruckt wurde. Er stimmt im Uebrigen mit dem Weissen Buche und mit Kiburger überein und schöpft zudem aus einer „gemeinen Schwyzerchronik", welche auch Tschudi später benutzte (S. 174 „Gesta Suitensium") und welche laut Diesem enthielt: „*Die Geschichte der Ostfriesen, Swedier und andre, so mit jnen gereisset, vnd wie Switer dem Lande den Namen Swiz gegeben.*" Diese Gruppe von Ueberlieferungen verändert theilweise die Namen der Hauptleute (die übrigens bei Etterlin nicht vollzählig erscheinen): den Schwyzern gebieten *Schwyter* oder *Schwyt* und *Scheyg*, den Unterwaldnern *Rumo*, den Haslern *Resti*, — Rumo mit Anlehnung an die Römer, Resti als Heros eponymos der Burg Resti bei Meiringen; den Scheyg lässt nach Hungerbühler[2] erst Etterlin für den zu plump an die römische Stadtsage erinnernden Remus des „Herkommens" eintreten. Dieser Scheyg wird dann — womit sich die Ausbeutung der altklassischen Erzählung gleichwohl deutlich genug verräth — von seinem Bruder *Schwit* erschlagen, — dem Lande den Namen gibt. — Auch Etterlin lässt, wie das Weisse Buch, „*die Schwediger, so man yetz nempt Switzer*," als die letzten der drei Völker ins Land kommen und bekämpft diejenigen Schriftsteller, welche alle drei Länder von „Schwedigern" bevölkert werden lassen, wie dies Kiburger wenigstens für Schwyz und Unterwalden gethan; „das wisent die waren und rechten hystorien nit." Die Urner werden als ursprüngliche Göthen und Hünen, die Unterwaldner als Römer in die unordentlich zusammengeklitterte Geschichte Italiens eingereiht. Die Herkunft der Schwyzer ist aus „den altten waren hystorien . . . zum kürtzisten uss gezogen" und stimmt mit Kiburger überein, nur dass die Namen Cisbertus, Priamus, Peter von Mos, Ladislaus u. a., und die Kämpfe um Rom fehlen. — Eigenthümlich nun in Etterlin's Darstellung, und wohl schon in jener Schwyzerchronik, ist, gegenüber den bisherigen Quellen, die Erzählung von der Veranlassung zur schliesslichen Ansiedelung der Schwyzer: (Bl. X)

Verhinderte Seefahrt. „Also zugent sy gegen höchen tütschen landen zuo, und kâment in gegne nit ferr von dem vinstren walde, das man yetz nennet zuo unser frowen zuo *Einsidlen*. Dâ liessent sy sich nider in einem tal heisset *Brunnen*, dâ gar nützet was anders dann ein hüpsche wilde, und was keine wonung nyenâ dâselbs umb, dann ein hüssle, dâ einer inne sass, der des fars wartet (dann es ist alwegen ein strâss und ein far dâselbs gewesen): dâ wolttentz mornendes über sê gefaren sîn, und dannent hin über die pirg und den Gotthart gen Rôm zuo.

---

[1] Geschichtsfreund der fünf Orte, XIII, 68. — [2] a. a. O. 78.

Alsô stuond in der nacht ein grüssamlicher ungehürer wind uff, des gelîchen vormâlen nyemer gesechen worden was, umb des willen sy nit ab stat komen möchtent. Dô giengent sy in den welden hin und har, besâhent die landtschafft und fundent dâ hübsch holz, frisch guot brunnen und ein toügenlich gelegenheit, die, als sy bedûcht, wann es erbûwen wêr, irem lande in Swêden nit unglîch, und wurdent ye mit ein andren ze rât, dass sy da selbs wolten verharren und ein botschafft hinweg schicken, Soliche gegne und wilde von dem Riche ze entpfachent, als ouch beschach."

Hiemit erscheint die Sage vorerst abgeschlossen. Die folgenden Bearbeiter beschränken sich auf ihre Wiedergabe und bekämpfen höchstens Einzelheiten; die Geschichtlichkeit der nordischen Einwanderung bleibt meist unangetastet. Man findet die betreffenden Werke aufgezählt bei Hungerbühler a. a. O. 77, bei Rochholz, Tell und Gessler 69—80, kürzer bereits in desselben Eidgenössischer Liederchronik 401 ff. und bei Bâchtold a. a. O. LXXXI f. Chronologisch folgen sich die Erwähnungen der Sage etwa so:

1474 Die verlorene *Püntiner*'sche Chronik, welche, wie es scheint, lediglich die historischen Unmöglichkeiten des zweiten Theiles zu heben suchte. Vgl. darüber Hungerb. 47—50, Bâchtold LXXIV, Note, und Burckhardt im Archiv für schweiz. Geschichte IV, 77. Weitere Erwähnungen der Sage.

1478 *Bonstetten*'s Descriptio Helvetiæ: Schwedische Abstammung nur für Schwyz, wie das Weisse Buch.

Spätestens 1488 *Sigmund Meisterlin*'s Nürnberger Chronik: Abstammung von den *Hunnen*, und nach dem Schwabenkrieg: des Nürnbergers *Wilibald Pirkheimer* († 1530) Bellum Helveticum: Zweifel an der schwedischen Herkunft.

Ende des XV. Jahrh.: *Joh. Nauclerus (Vergenhans)*, 1477 erster Rektor von Tübingen († um 1510), *Chronicon universale*, Tübingen 1516 herausgegeben: Kritik des „Herkommens" (hæc et multo plura refert quidam *Eulogius*); Annäherung an die Hypothese Hemmerlin's (Ableitung von „schwitten"). Auszug bei Hungerb. 97 f. Vgl. Rochholz, Tell 72, wo darüber auch *Sebast. Franck*, Chronica der Deutschen, Augsb. 1538, fol. CCV^b verglichen wird.

1500 *Nicolaus Schradin*'s Reimchronik vom Schwabenkrieg (Geschfr. Bd. IV, Hungerb. 78. 95): *ganz* nach Kiburger. (Die nach Rochholz, Tell und Gessler 70, aus Saxo Grammaticus entlehnte Stelle beruht auf allgemein deutscher Sage und steht ganz ausser Zusammenhang mit der Erzählung von der schwedischen Einwanderung; diese ist völlig diejenige Kiburgers und enthält keinen einzigen der sagenhaften Züge Saxo's. Vgl. (Ausg. Sursee 1500) den Schluss des 3. Abschnitts; Berner Stadtbibl. Inc. 427.)

1505 Besuch der Frutiger in Hasle, wo ihnen aus der Chronik vorgelesen wird „wie sy (die Hasler) dahar kommen seynt uss dem Land *Schweden* und *Norwegen*, von grossem hunger allwegen der X. Man mitt synem Hussgesind uss eigenem vatterland schweren müssen, kamint jn das laud Hassle, das da zemall ein unbuwen ortt war, huben daselbs an zu buwen und werken; mitt viel andre worten jn derselben kroneck begriffen." Nach einem Frutiger Manuskripte, das auf das Vorhandensein älterer mündlicher Ueberlieferung schliessen lässt (Rochholz), in Wyss' Liedersammlung (Hs. der Berner Stadtbibliothek Mss. Hist. Helv. XII, 10). VIII, 65.

1515 *Glarean*'s Descriptio de situ Helvetiæ, 2. Ausg. 1519 mit Kommentar des *Myconius* von Luzern: Traducunt Suici originem a *Suedis, alio nomine Gothis.* Cujus rei testimonium non modo nostræ historiæ adferunt, sed et ii, qui vel hodie Suediam inhabitant. Ex quibus sæpe quæsitum a mercatoribus nostris, quique non haberent in annalibus, quod argueret expulsos fame ex sua patria, in nostras, uti apud nos creditur, sedes devenisse. De conformitate regionum, morum, naturæ, ut solet, nihil minus inquisitum.

Zwischen 1511 und 1525 *Urner Tellenspiel*: Die Urner sind Gothen und Hunnen, die Unterwaldner Römer —

Woher die von *Schwytz* entsprungen?

Auss *Schweden* seind dieselben kommen.

(Druck von 1740, Berner Stadtbibl. H III 32)

1531 auf der Landsgemeinde am Ostermontag zu Schwyz: Erneuerung einer täglichen *Andacht der „Altvordern"* zum Gedächtniss der *Austreibung aus Schweden* in grosser Hungersnoth. Hungerb. 74 f., nach Kothing, Landbuch von Schwyz S. 172.

1531 *Beatus Rhenanus* (Beat Bild von Rheinach) Rer. Germ. libri III.: Bekämpfung Kiburger's, Ableitung des Namens von dem *sächsischen* Gau der *Vitæ.*

Vor 1545 *Johannes Magnus* (Magnusson), Erzbischof von Upsala, Gothorum Svenonumque Historia, Rom 1554, Basel 1558: Die Schweden gelangen nach Rügen und Pommern, theilen sich in drei Haufen; einer dringt zu den Alpen vor, „in quibus nunc eorum posteritas, *Suetziorum* nomen habens, perseverat". Der gastfreundliche Empfang, den er selbst, gleich allen seinen Landsleuten, in der Schweiz gefunden, bekräftigt ihm die Zeugnisse der schweizerischen Geschichtschreiber. Deutsche Uebersetzung Basel 1567.

1548 Joh. Stumpf's Chronik IV, 203. VI, 177: Benutzung Kiburger's mit Kritik seiner historischen „Stempeneien" und Annahme *cimbrischer* oder *gothischer* Abstammung. Dritte Ausgabe 1550, dem König *Gustav Wasa* gewidmet, mit Wiederholung der Notiz des Myconius.

1555 *König Gustav's I. (Wasa)* Edikt über die Armuth des Bauernstandes, bei Stjernman, Oec. och Com. Förf. I. (laut Strinnholm, Wikingszüge, Uebersetzung von Frisch, Hamburg 1839. I, 195). [1]

Um 1570 *Aegidius Tschudi.* Ueber sein Schwanken in dieser Frage, das ihn seinen sogenannten Fründ (unsern Kyburger, s. oben S. 7) bitter tadeln und doch jene Auswanderung

---

[1] „So ist auch geschehen in alten Zeiten vor einigen hundert Jahren, da, weil das Volk im Reiche auch sehr sich vermehrte, dass das Land sie alle nicht wohl nähren und erhalten konnte: da wurde durch die Obrigkeit, welche regierete, beliebet und beschlossen — wozu auch der gemeine Mann seine gute Einwilligung gegeben hat — damit dass sie sich nicht auf einander drängen wollten oder in solchem Masse das Reich verderben und sich selbst: dass ein merklicher Haufe Volks (wie alle alten *Historien* und Chroniken es bezeugen) hier aus dem Reiche ziehen sollte und gelegene Länder und Plätze suchen, wo sie sich nähren, bergen und niederlassen könnten, welches auch geschah, dass hier aus dem Reiche zu der Zeit eine merkliche Zahl Volks zog, welches sich das Heer der *Göthen* nannte. Sie zogen durch Deutschland und mehre Länder und Reiche, bis dass sie kamen in das *Swisserland, wo sie sich niederliessen und noch wohnhaftig sind."*

von 6000 Schweden und 1200 Friesen annehmen lässt, indem er sie in die Zeit der *Cimbernzüge* [1]) 114 v. Chr. verlegt, vgl. Hungerb. 81. 98 ff. Rochh. 76. Wieder einmal leitet er die Urner, vermuthlich wegen ihres Wappens, von dem „Stiervolke" der *Taurisker* (Stumpf übersetzt „Ochsner") ab. Neu ist bei ihm, dass die von Marius nicht aufgeriebenen Cimbern von den *Tigurinern* aufgenommen werden und unter *Switer*, *Scheyo*, *Rumo* und *Resty*, der aus der Stadt *Haselingen* in Ostfriesen stammt, die Alpenthäler besiedeln.

1576 Des Wettinger Abtes *Silbereisen* Erwähnung eines *Alphonsus uss Friessland* zeigt dass er Kyburger kannte — Rochh., Tell 72 —; eine Weiterbildung der aus der Schweiz nach dem Norden gedrungenen Sage ist sodann die ebenda angeführte *friesische* Erzählung, wonach die Friesen, von der Eroberung Roms zurückkehrend, *Zürich* (Surijk d. i. Südreich) gegründet und die ganze Schweiz *Hæle-wey* d. i. Halber Weg (nach Rom nämlich) — daher Helvetia — genannt hätten.

1583 „*Fassnachtlied*" der Oberhasler und Frutiger, von dem Fischer *Gläwy Stoller an der Wimmisstrasse.* [2]) Es bedichtet zwei Zusammenkünfte der beiden Thalschaften, zu Frutigen und zu Meiringen, und gedenkt (Str. 97) einer frühern von 1559, welche, nebst einem Gegenbesuch, bei Wyss VIII, 75—81 beschrieben ist; vgl. auch unter 1505. Die Thalleute von *Frutigen*, die im Jahre 1400 beschlossen hatten, sieben Jahre lang kein Rindfleisch zu essen, um sich von der Steuer an die Stadt Bern loszukaufen, waren endlich 1583 frei geworden und berühmten sich nun auch, gleich den Haslern, *friesischer* Abkunft; auch die Männer von *Adelboden* wollten jetzt fremden Ursprungs sein. [3])

(1599 Zwei *Spruchgedichte* auf zwei ähnliche Zusammenkünfte unter dem Titel: *Hasslespiel* von *Batt Rytter*, „Notarius, Lantschriber zu Frutingen", [4]) enthalten Nichts über friesische Abstammung.)

Am Ende des Jahrhunderts angelangt, erwähnen wir nun endlich auch des *Ostfriesenliedes der Oberhasler*, das, so lange sich keine ältern Spuren und Varianten desselben finden, sich mit Sicherheit nicht weiter zurück datiren lässt, obwohl es gewöhnlich in den Anfang oder die Mitte des 16. Jahrh. gesetzt und einem nirgends nachweisbaren Pfarrer Ringwaldt von

Ostfriesenlied wohl erst aus dem 17. Jahrh

---

[1]) Die Cimbern-Hypothese hat vermöge der Autorität ihres Erfinders viele Anhänger gefunden; so noch Zschokke in seiner Schweizergeschichte; die Tauriskerhypothese findet sich noch bei den Schmid, Zurlauben, Haller (Burckhardt a. a. O. 44). — [2]) 106 Strophen, von Pfarrer Schwyzer zu Frutigen an Wyss vermittelt, in dessen Liedersammlung III, 1, etwas modernisiert in Rochholz Eidgenössicher Liederchronik 406 ff. —
[3]) 8, 3. Aus *Friesland* sind sie kommen
  Mit Weib und auch mit Kind.
   9. Da war ein grosser Hunger,
  Das mann ums Geld nichts fand;
  Das brachte grossen Kummer:
  Der Zehnd musst aus dem Land.
  .... 11. Sie werkten Tag und Nachte,
  Dass ihn'n abrann der Schweiss,
  Biss sie sich Hütten machten,
  So jezund *Hasslj* heisst.
   12. Den Grund han sie bezahlet

  Ein jeder darauf los
  Mit Kronen und mit Thalern
  Zu *Habsburg* auf dem Schloss.
   13. Ein Volk, das kam gezogen,
  Wussten kein Aufenthalt;
  Kam auf den *Adelboden*,
  So damals hiess im Wald.
  ... 99. Noch Eines will ich sagen,
  Dass das *Frutiger* Land
  In mehr als sieben Jahren
  Kein Rind gemetzget hand u. s. w.
— [4]) Von Helfer Schrämli in Thun an Wyss gelangt, in dessen Liedersammlung VIII. 81—89. Das von Haller Bibl. d. Schw.-Gesch. IV, 341 angeführte Lied scheint wieder ein von diesem verschiedenes zu sein, da es den abweichenden Titel trägt: Zu Gunst und Ehre der Landschaften Interlacken, Hassle im Weissland u. s. w.

Hasli [1]) zugeschrieben wird. Ebenso wenig beweisen in einem schweizerischen Denkmal für höheres Alter die Sprachformen und Reime (*Rich : gwaltiglich* — für das Auge bisweilen zerstört durch die Schreibung: *Reich* u. s. w.; Str. 19 sogar *hinnen : weinen*. Dass es schon eines der „durch *Gwer* (Quirinus) *Ritter* von Hasli und Frutigen gestellten Lieder" gewesen sei, welche der Rath von Bern i. J. 1556 „in Truck usgan zu lassen" beschloss[2]), wird mir auch durch die damaligen politischen Verhältnisse unwahrscheinlich, in welchen Bern wohl kaum ein Lied hätte drucken lassen, das, obwohl mit einer Ergebenheitserklärung an die Obrigkeit schliessend, neben den Haslern doch vor Allem die Schwyzer, Bern's politische Gegner, verherrlichte ; es werden wohl eher die Lobsprüche auf Zürich, Solothurn u. s. w. gemeint sein, welche von diesem Poeten bei Wyss stehen. — Theilweise bekannt wurde es dem Auslande erst im vorigen Jahrhundert durch die Abhandlung des *Upsaler* Professors *Jakob Ek*: De Colonia Suecorum in Helvetiam egressa 1797, welcher durch den schwedischen Sekretär *von Rosenstein* die von dem Landschreiber Zopfy von Hasli beglaubigten Chronikauszüge und Abschriften erhalten hatte. [3]) Schon Graf *Benedikt Oxenstierna* († 1702) hatte zwar in den Schweizer-gebirgen ein Lied singen hören, welches anfieng:

„Wer wissen will, woher wir kommen sein:
Von *Schwedenland* sind wir heran";

es muss diess aber ein von unserm „Ostfriesenliede" verschiedenes Gedicht gewesen sein. Die älteste bekannte Version des Ostfriesenliedes, das eine einfache Versifizierung des Kiburger'schen „Herkommens", jedoch mit Benutzung der Etterlin'schen Version, ist,[4]) war bisher die Abschrift von *Wyss* aus d. J. 1811, Liedersammlung II p. 115—135, nach „der unorthographischen und anscheinend ziemlich alten Handschrift eines Landmanns, ohne Ueberschrift, Namen und Datum"; nach dieser wurde es zum ersten Mal vollständig gedruckt in der zu *Upsala* 1828 erschienenen Abhandlung De Colonia Suecorum in Helvetiam deducta von dem Grafen *Axel Emil Wirsén*, der durch die schwedische Gesandtschaft zu Paris von dem *Berner* Schultheissen, Grafen *von Mülinen*, einen Auszug aus dem Hasler Landbuch von 1534 und den Text des Liedes erhalten hatte. Nach Wirsén ist es abgedruckt von *Rochholz*, Eidg. Liederchr. 381 ff. Unsere Beilage stützt sich nun auf den Druck von 1665 (mit Vergleichung dreier andern wenig ab-weichenden Drucke und Handschriften aus dem Berneroberlande), was wohl den im Uebrigen wenig Unbekanntes bietenden Abdruck rechtfertigen dürfte.

Das 17. und 18. Jahrhundert zeigt meist einfache Wiederholungen der Ueberlieferung: so bei *Plantinus* [5]) und in dem grossen Lehrpoem des Thuner Pfarrers *Hs. Rud. Rebmann* (Ampel-ander),[6]) während die Sage vom *Friesenweg* (Weg des Frostvolkes, der wilden Jagd) in *Saanen* erst nachträglich an die Ostfriesensage angelehnt erscheint. [7]) Die Berufungen *König Gustav*

---

[1]) Wahrscheinlich einfache Namensübertragung von jenem bekannten norddeutschen Kirchenliederdichter, dessen Lieder vielleicht mit dem unsrigen zusammen gedruckt waren. Rochholz 398. — [2]) Bächtold LXXXIII — [3]) Rochholz Liederchronik 397. Dass, wie Rochholz angibt, die Hasler Handschrift als Dichter den grossen Poeten Plinius nenne, ist wohl eine Verwechselung mit der betr. Stelle Kiburgers, vergl. oben S. 8. — [4]) S. den Anhang. — [5]) Helv. antiqua, Bern 1656 (Haller, Bibl. d. Schw. G. IV, 95. Ebenda 420 über die Erwähnung durch Guillimannus 1598.) — [6]) Ein Lustig und Ernsthaft Poetisch Gastmal und Gespräch zweyer Bergen, Nemlich dess Niesen vund Stockhorns. Bern 1606 und 1620; in letzterer Ausgabe S. 445 f. Vgl. Rochholz, Tell 71. — [7]) Doch s. unten S. 27. Vgl. Rochholz a. a. O. 71 (eine weniger glückliche Etymologie Argovia 1862, S. 36) und

Adolfs, seines Gesandten *Christ. Ludwig von Rasche* zu Baden 1631 und des Kanzlers *Oxenstierna* auf unsere Tradition[1]) sind lediglich diplomatische Künste. (Umgekehrt wurde für den 1809 entthronten schwedischen König Gustav IV., da er sich zu Thun aufhielt, eine Abschrift des „Herkommens" gefertigt, Wyss II, 145).

Die Beobachtungen *Bonstetten's*[2]) und Anderer über die äussere Aehnlichkeit der schwedischen und schweizerischen Bevölkerung und Sprache haben jedenfalls nur den Werth dilettantischer Notizen zur Bestätigung einer vorgefassten Meinung.

Schliesslich erhielt an der Fortpflanzung der Sage auch die bildende Kunst Antheil, welche durch das 1789 auf Standeskosten gefertigte Wandgemälde des Susthauses zu Brunnen, die Brüder Schwyter und Scheyo darstellend, die Ueberlieferung bis heute auch für das Auge lebendig erhalten hat und wohl noch lange wird vererben helfen.

Die weiteren Erwähnungen der Sage gehören der Kritik an, in die wir nunmehr eintreten werden.

II.

Kritik der Sage.

Dreierlei vorerst ergibt sich aus der obigen Zusammenstellung:

Vorläufige Ergebnisse.

1) Die Darstellungen und Kritiken der Sage vom Ende des 15. Jahrhunderts an gehen allerdings meistens, mittelbar oder unmittelbar, auf Kiburger's „Herkommen" zurück; aber

2) schon vor Kiburger finden sich Spuren derselben, und

3) fast gleichzeitig mit ihm treten selbständige Versionen auf.

Letzteres bezieht sich auf den dem Etterlin (oder seiner „Schwyzerchronik") eigenthümlichen Zug der verhinderten Seefahrt, sowie auf das Weisse Buch, das, fabelsüchtig wie es ist, gewiss die Geschichte von der Hungersnoth und Ausloosung aufgenommen und ferner die Unterwaldner wohl ebenfalls aus Schweden abgeleitet hätte, wenn Kiburger seine Quelle wäre.

Romangs Gedicht in der „Schweiz" 1862, Nr. 1, wo der Meister den Knecht warnt, die Thür des Stalles zu verschliessen, welcher gerade quer über den Friesenweg gebaut ist (Uens Stifeli ist hie etwärist | Grad buwes uf en Friesenwäg):

„Vor schüfter, grusam alter Zyt
Ist d's *Friesenvolch* i d's Ländli chon,
Het B'husig hie u Triftig g'non;
Wahar dass chon ist, weiss mu nit.
Hergägen g'hört van Zyt zu Zyten
Mu 's dütlich in den Bergen lüten. . . .
Sie müessen us den Gräbren stygen,

Uf sälbem Wäg, wo chon sie sygen,
Heimgan i d's uralt Heimetland, —
Drum los', b'schlüss d'Stallthür nit de z'Hand!"

Das heranstürmende Volk ruft dreimal:

„Thüet uf die Thür, thüet uf den Stall,
Wann d's *Friesenvolch* wollt grad derdür!"

[1]) Rochholz, Tell 74. — [2]) Rochholz, Tell 70. Geschichtsforscher VIII, 335.

Daraus folgt:

Eine ältere Tradition.

Die Grundzüge der Darstelluug Kiburger's und der übrigen selbständigen, frühern oder ungefähr gleichzeitigen Quellen — namentlich auch Etterlin's — repräsentieren zusammen eine *ältere Tradition*, welche später, als Ganzes oder in einzelnen Theilen, überarbeitet erscheint, und deren erster Hauptbestandtheil, die Wanderung, namentlich von Kiburger ausgenutzt und durch willkürlich verwendete Daten aus der Weltgeschichte zu stützen versucht worden ist.

Es ergäben sich hiemit zunächst als ältere Ueberlieferung:

Inhalt derselben.

1) *Auswanderung aus Schweden* (Ericus Olaus, Reichenauer Glosse, Kiburger, Weisses Buch, Etterlin), *oder aus Schweden und Ostfriesland* (Kiburger; Hasler Chronik von 1505: aus Schweden und Norwegen [1]),)

und zwar *in Folge Mangels an Lebensmitteln* (Kiburger, Weisses B., Etterlin, Hasler Chronik).

2) *Ansiedelung in Schwyz* (alle Genaunten; Hasl. Chr.: in Hasli), *oder in Schwyz, Unterwalden und Hasli* (Kiburger, Etterlin),

und zwar *in Folge eingetretener Verhinderung des Wasserübergangs* (Etterlin, beziehungsweise seine ältere „Schweizerchronik").

Wie entstand nun diese ältere Ueberlieferung?

Entstehung derselben.

Die Antwort darauf ist bisher meist bei der Geschichte gesucht und von dorther bald rundweg abgelehnt, bald unter allerlei Vorbehalten wohl oder übel gegeben worden. Nach den Einen ist in dem vieldurchackerten Boden der geschichtlichen Wahrheit nirgends ein Würzelchen dieses Sagengebildes nachzuweisen; der Same unseres heimathlosen Mistelgewächses ist vielmehr durch irgend einen losen Vogel von Chronisten, der ihn entweder selbst in sich ausgeheckt oder irgendwo aufgeschnappt hatte, mit anderem Auswurf auf den Baum der echten Ueberlieferung gepflanzt worden, von wo das Messer der Kritik den Schmarotzer nur je eher je lieber zu entfernen hat. Nach den Andern ist unsere Sage der bis zur Unkenntlichkeit entwickelte oder bis auf den Strunk zerstörte, aber echte Schössling eines Keimes von geschichtlichen Thatsachen, — eines Keimes freilich, dessen näheres Verhältniss zu der späteren Pflanze bisher kaum erst bis zur Wahrscheinlichkeit erwiesen werden konnte.

Nicht geschichtlich,

Auf solchen unsichern Spuren sahen wir schon den ersten strengen Kritiker der Schwedensage, unsern Aegidius Tschudi mit seinen Cimbern, und seine zahlreichen Nachfolger wandeln. Noch Freudenberger, der muthige Vorläufer der historischen Forschung über den Ursprung der Eidgenossenschaft, sieht unsere Sage als geschichtlich an, [2] als eine Erinnerung

---

[1]) Dies wohl nur die Konjektur eines geographisch gebildeteren Chronikschreibers. — [2]) So ist ohne Zweifel die von Rochholz (Tell 67) unvollständig zitierte Stelle aufzufassen, und nicht als eine mit „französischer Schalkhaftigkeit" bemäntelte Verspottung der Sage. (Guillaume Tell, Fable Danoise, 1760, p. 27: Les nations qui ont eu une origine commune ont cela de naturel, qu'on trouve dans leurs histoires des fables de leurs héros que chacune de ces nations s'attribue préférablement, et qui ont pour ainsi dire les mêmes parens. Les émigrations des nations ont corrompu le sang de tous les originaires d'un pays. . . . La Suisse en auroit-elle été exemtée? C'est ce que personne ne croira. On sait trop le contraire. Les peuples du Nord ont inondé en différentes reprises l'Allemagne. . . . . La tradition constante des habitants du Canton de Schwyz', du pays de Hasli, etc., le rapport qu'ont leur langage, leur caractère, leurs vertus et leurs vices, confirment le sentiment, que ces mêmes peuples du Nord ont pénétré jusques dans ces contrées.) Freudenberger war nicht der Mann des vorsichtigen Bemäntelns, weder mit dem Mantel der Liebe noch auch mit dem der schalkhaften Ironie.

an wiederholte Völkerüberschwemmungen vom Norden her, und stützt damit seine Hypothese von der Entlehnung der Tellsage aus Norden, aus Saxo. Johannes von Müller, der persönlich an die Schwedensage nicht glaubte,[1] dem sie aber zu seiner idealistischen Darstellung der schweizerischen Urzeit und zur Zeitströmung im Vaterlande passte, meinte dieselbe noch in seiner Schweizergeschichte (1, 390) vortragen und, indem er den nordischen — wenn auch nicht spezifisch schwedischen[2]) — Ursprung auf das ganze Gebirgsland von Schwyz bis Greyerz ausdehnte[3]), durch höchst problematische Beobachtungen über Volkssprache[4] und Ortsnamen[5]) stützen zu sollen, was ihm auch, bei seiner verdienten Popularität, wohl gelungen ist. Ein neues Licht schien auf die Frage zu fallen, als *Wirsén*, angeregt durch *Ek*'s Forschungen, die weder ein positives noch ein negatives Resultat ergeben hatten[6]), die Sage nicht nur durch den Nachweis ihrer Glaubhaftigkeit und die Aehnlichkeit der Sprache Schwedens und Hasli's zu bestätigen unternahm, sondern auch den lange gesuchten geschichtlichen Hintergrund gewonnen zu haben schien, indem er die historischen Normannenzüge des 9. Jahrhunderts nach Friesland, *Haselou* und Worms mit der Sage von Ragnar Lodhbrók's Söhnen kombinierte, die auf einem Zuge nach Germanien eine volkreiche und grosse Stadt Wifilsburg zerstört hätten.[7]) Diese Ableitung der Sage, welche übrigens schon Joh. von Müller abgewiesen, ist indessen genügend unwahrscheinlich gemacht durch den Schweiz. Geschichtsforscher (VIII, 337 ff.),[8]) welchem Rochholz, eidg. Liederchr. (1835 und 2. Ausg.) 399 beipflichtet. Beide nehmen dagegen *gothischen* Ursprung der Alpenbevölkerung an,[9]) eine Hypothese, welche wenigstens *den* Vorzug vor den übrigen geniesse, dass die Nähe des dazu bezeichneten Volkes beim Schauplatz der

---

[1]) Laut einem Briefe an J. C. von Pfister will er beweisen, „dass die Colonien, deren die alten Lieder gedenken, in Sprache und Stammesart von den Alemannen gar nicht verschieden sind, und dass das Mutterland . . . kein anderes sein kann . . . als Schwaben oder höchstens Thüringen." Rochholz 80. - [2]) Der Name *Schweden* ist auch nach Müller erst durch etymologische Anlehnung von *Svecia* = Schweiz an *Svecia* = Schweden in die Sage hineingekommen. — [3]) I, 396. „So bleibt endlich, dass von Schwyz durch das Gebürg bis in die Grafschaft Greyerz der ächte Stamm der Schweizer erkannt werden mag," mit Berufung auf die alten Hirten an der Lenk, zu Saanen, Afflentsch und Jaun. Schon 1772 hatte J. von Müller (Bellum Cimbricum) der Sage von nordischer, jedoch cimbrischer Abstammung der Schweizer gehuldigt. — [4]) 397 unten. Die Sprache der Waldstätte und des Berner Oberlandes, namentlich in ihrem Vokalismus, ist vielmehr ganz desselben Stammes wie diejenige des Oberwallis und der „freien Walser" im graubündnerischen Rheinwald und Davos. Vgl. Stalders Dialektologie S. 293 - 300. 284 ff. 342 ff. 323 ff. — [5]) Hasli und Friesenberg im Entlibuch. Das „Westfriesenlied" (so nennt er auffallenderweise unser Ostfriesenlied stets) ist nach ihm „ohne Zweifel aus den ältern Gesängen übersetzt", deren Jornandes und Paulus Diac. gedenken. — [6]) De colonia Suecorum in Helvetiam egressa, quam Upsaliæ d. 8. Jun. 1797 præside Mag. Jac. Fr. Neikter publice proposuit *Jac. Ek*, Ostro-Gothus. Auszug in Wyss' Liedersammlung III, 116. Vgl. Geschichtsforscher VIII, 314. — [7]) De colonia Suecorum in Helvetiam deducta dissertatio. P. P. Axelius Emil Wirsén, Comes Smolandus. Auszug im Geschichtsforscher a. a. O. — [8]) Besonders durch die Zweifelhaftigkeit der Ragnar-Lodhbrók-Sage, sowie durch die auf das damalige Wifilsburg (Avenches) durchaus nicht passende Schilderung der Stadt. Ob dieser Name wirklich dem waatländischen Städtchen abgeborgt ist, welches nach Rochholz (Tell 75) der Isländer als ständige Station auf der Reise nach Rom kannte, oder ob er anderswoher stammt, mag dahingestellt bleiben. — [9]) Vergleichungspunkte: Die Züge der Gothen im 4. und 5. Jh., ihre Einfälle unter Alarich in Italien, ihre Trennung in zwei Theile, Ost- und Westgothen, die Hungersnoth in Mösien, der Sieg über Odoaker, die Besetzung Südhelvetiens und Rhätiens. Ein Städtchen oder Flecken, von lauter Gothen bewohnt, soll nach Füsslins Erdbeschr. d. schwz. Eidgenossensch. III, 395 am Fusse des Berges beim Eingang ins Siebenthal (bei Wimmis?) gestanden haben; die letzten zwei Familien seien nach Reutigen gezogen, wo sie noch blühten. Geschf. a. a. O. 360.

Sage geschichtlich, wo nicht ursprünglich erwiesen sei. Die Schweden *Geijer*[1]) und *Strinnholm*[2]) vertheidigen mit Geschick wiederum die schwedische Abstammung der Schweizer. — An eine Einwanderung endlich von *Langobarden* oder deutsch gebliebenen *Burgundern* des Oberwallis nach Bern, Uri, Unterwalden und Graubünden („freie Walser") denkt Tobler.[3])

Alle diese Versuche sind durch die treffliche Untersuchung J. R. Burckhardt's „über die erste deutsche Bevölkerung des Alpengebirgs" (1846)[4]) als abgethan zu betrachten, auf die wir statt alles Weitern verweisen. Die neuere Forschung hat die Hypothese von einer gemeinsamen, alten, nicht alamannischen Besiedelung der Alpenthäler durch eine zahlreiche Einwanderung von lauter ursprünglich freien Männern fast durchgängig fallen lassen.

sondern sagenhaft. Für die Geschichte konnte es hiebei gleichgiltig sein, wie die als historisch werthlos erkannte Sage sich gebildet habe. Nicht so für die Sagenkunde, welcher vielmehr daran liegen muss, den Sinn und Zusammenhang der Ueberlieferungen aufzuhellen. Findet sich dabei, dass *Alte Sage oder* diese Sagen selbständig, echt und alt sind und anderwärts ihre Parallelen haben, die aber *Entlehnung?* nicht ihre Vorlagen gewesen, so werden wir eine gemeinsame Ursage vermuthen können; stellen sie sich dagegen als junge Entlehnungen heraus, so wird dadurch auch auf andere gleichzeitige Traditionen ein verdächtiges Streiflicht fallen. Natürlich wird durch das eine wie durch das andere Ergebniss die Frage nach der Geschichtlichkeit der Sage von der Herkunft aus Schweden zum Ueberfluss nochmals in verneinendem Sinne beantwortet werden.

Die Parallelen zu den Grundzügen der Darstellung des „Herkommens" werden denn auch von den neuesten Forschern fast nur im Vorbeigehen zitiert, und zwar immer bloss als die Fundgruben, deren Erz die Schweizer Chronisten entweder direkt ausgebeutet,[5]) oder, nachdem sie dasselbe bloss von Weitem läuten hören, aus eignem Metall nachzumachen versucht hätten.[6])

Andere Wandersagen. Prüfen wir denn auch dieses Verhältniss unserer Wandersage zu denen der übrigen deutschen Stämme, mit dem man bisher (wie wir glauben) gar zu leichthin fertig geworden ist.

1. Gothen. „Aus der Insel *Scanzia*, dem Bienenstock der Völkerschwärme," so erzählt im sechsten Jahrhundert *Jornandes*,[7]) „fuhren einst die Gothen unter König *Berich* aus. Sie fuhren auf

---

[1]) Geijer, Gesch. Schwedens (Heeren und Ukert, Gesch. der europ. Staaten), Uebers. v. Leffler, I, 11 f. — [2]) Strinnholm, Wikingszüge, Uebers. v. Frisch I, 190 ff. — [3]) Archiv des historischen Vereins des Kantons Bern VII, 332 ff. — [4]) Archiv f. schweiz. Geschichte IV, 3—116. — [5]) *Rochholz*, Tell und Gessler 64, wornach die dänische Sage (Saxo), wie im Tokomythus so auch hier, „auf Bestand und Gestaltung der Schweizersage einen *litterarischen Einfluss* gehabt haben" muss. — [6]) *Bächtold*, a. a. O. LXXXIV: „Nichts erscheint nun natürlicher als die *Uebertragung* dieser („meist auf gelehrtem Wege zugerichteten") Ursprungssage (anderer deutscher Völker) auf die Schwyzer und ihre Miteidgenossen." Von *Nachgestaltung* der fremden Sagen spricht auch *Hungerbühler*, a. a. O. 45.

[7]) Jornandes, de reb. Geticis, Hamb. 1611, S. 80 : . . . gens, cujus originem flagitas, ab hujus insulæ (Scanziæ scil.) gremio velut examen apum erumpens in terram Europæ advenit. S. 83: Ex hac igitur *Scanzia* insula, quasi officina gentium aut certe velut vagina nationum, cum rege suo nomine *Berich* (al. *Teric* s. *Verio*) *Gothi* quondam memorantur egressi, qui ut primum e navibus exeuntes terras attigere, illico loco nomen dederunt. Nam hodie illic, ut fertur, *Gothiscanzia* vocatur. Unde mox promoventes ad sedes Ulmerugorum, qui tunc Oceani ripas insidebant, castra metati sunt, eosque commisso prœlio propriis sedibus pepulerunt, eorumque vicinos Wandalos jam tunc subjugantes suis applicuere victoriis. Hi vero magna populi numerositate crescente, etiam pene quinto rege regnante post Berich Filimer, filio Godarici consilio sedit, ut exinde cum familiis Gothorum promoveret

drei Schiffen, von denen bald eines zurückblieb, daher man es spottweise *Gepanta* und seine Insassen *Gepiden* (die Gaffer, die Trägen, Bärenhäuter) nannte. Aergerlich darüber, siedelten Volkstrennung. sich diese später auf einer Insel des Weichselstromes an, die von Untiefen, in ihrer Sprache *gepidi* genannt, umgeben war. Die zwei andern Stämme, die nachherigen Ost- und Westgothen, hatten dagegen in dem nach ihnen benannten *Gothiscanzia* gelandet, und unterwarfen weiterziehend die meeranwohnenden *Ulmeruger* und deren Nachbarn, die *Wandalen*. Unter *Filimer*, *Godarics* Sohne, dem fünften König ungefähr nach Berich, gebot das Anwachsen des Volkes Ueber-
völkerung. wieder einen Auszug mit Weib und Kind. Neue Wohnsitze suchend gelangte das Heer in die Gegend Scythiens, welche auf gothisch *Owin* heisst. Von ihrer Ueppigkeit angezogen, wollten sie hinübergehen (die Schilderung ist hier etwas unklar); aber als schon die Hälfte des Volkes die Brücke hinter sich hatte, stürzte diese ein und Niemand konnte mehr hinüber noch herüber. Zweite
Trennung
(Einsturz der
Brücke). Owin ist nämlich durch wogende Gewässer und Strudel vom gegenüberliegenden Lande abgeschlossen und so durch die Natur doppelt unzugänglich gemacht. Noch aber hört man nach dem Zeugniss von Reisenden daselbst Laute von Vieh und Menschen, wie aus weiter Ferne. — Die bereits hinübergewanderten Gothen nun besetzten Owin, zogen dann aber weiter zu den Spalern, besiegten diese und gelangten endlich in die äussersten Gegenden Scythiens in der Nähe des Pontus, wie das Alles in ihren alten Liedern, beinahe als wirkliche Geschichte, erzählt wird.[1]"

Paulus Diaconus, auch an des siegreichen Frankenkaisers Hofe noch der getreue Wardein so II.Langobarden
a. Paul. Diac. mancher alten Volkssage seines Stammes, berichtet[2]: „Wie andere germanische Stämme, sind

---

exercitus. Qui aptissimas sedes locaque dum quæreret congrua, pervenit ad Scythiæ terras, quæ lingua eorum Ouin vocabantur. Ubi delectato magna ubertate regionum exercitu et medietate transposita, pons dicitur, unde amnem transjecerat, miserabiliter corruisse, nec ulterius jam cuiquam licuit ire aut redire. Nam is locus, ut fertur, tremulis paludibus voragine circumjecta concluditur: quem utraque confusione natura reddidit inpervium. Veruntamen hodieque illic et voces armentorum audiri et indicia hominum deprehendi, commeantium adtestatione, quamvis a longe audientium, credere licet. Hæc igitur pars Gothorum, quæ apud Filimer dicitur in terras Ouin emenso amne transposita, optatum potita solum. Nec mora: illico ad gentem Spalorum adveniunt, consertoque prœlio victoriam adipiscuntur. Exindeque jam velut victores ad extremam Scythiæ partem, quæ Pontico mari vicina est, properant: quemadmodum et in priscis eorum carminibus pene historico ritu in commune recolitur cet.

[1]) Ib. S. 96: Meminisse debes, me initio de Scanziæ insulæ gremio Gothos dixisse egressos cum Berich suo rege, tribus tantum navibus vectos ad citerioris Oceani ripam; quarum trium una navis, ut assolet, tardius vecta nomen genti fertur dedisse: nam lingua eorum pigra *Gepanta* dicitur. Hinc factum est, ut paulatim et corrupte nomen eis ex convitio nasceretur. *Gepidæ* namque sine dubio ex Gothorum prosapia ducunt originem. ... Hi ergo Gepidæ tacti invidia, dudum spreta provincia[1]) commanebant in insula *Visclæ* amnis vadis circumacta, quæ[7]) pro patrio sermone dicebant *gepidos*. — Im Schweizer. Geschichtsforscher VIII, 352 (nach ihm Rochholz LChr, a. a. O.) werden unrichtig die viel später genannten Duces Respa, Veduco und Thurvaro (S. 101) als Führer dieser drei Schiffe angesehen.

1] d. h. wohl das vom ganzen Stamme neu besetzte Land, statt dessen sie nun ein anderes aufsuchen; die ganze Geschichte spielt doch wohl schon auf dem Festlande. — 2) So muss es ohne Zweifel statt des handschriftl. *quam* heissen. Jornandes will statt der ihm unglaublichen Ableitung des Namens Gepiden eine bessere geben; das Volk habe sich denselben von sich aus beigelegt nach den Untiefen, von denen sein Land umgeben war, und bei deren Namen Jornandes an den Stamm *gap*, Kluft, Scheidung, gedacht haben mag.

[2]) Pauli Warnefridi de gestis Langobardorum l. I, 2 (Hamb. 1611, p. 195 sqq.). Pari etiam modo (wie die Gothen, Vandalen, Rugier, Heruler, Turcilinge[1]) et Winilorum, hoc est Langobardorum gens, quæ postea

4

Ueber-
völkerung.

Dreitheilung
(Loos).

Mutter räth zum
Kriege.

auch die *Winiler* oder *Langobarden* ausgewandert aus der Insel *Scadinavia* [1]), welche nicht sowohl im Meere gelegen, als vielmehr, wegen des flachen Ufers, von der Fluth auf allen Seiten bespült ist. Die Völker dieser Insel, da sie zu zahlreich geworden, um neben einander wohnen zu können, theilten sich in drei Theile und loosten, welcher derselben auswandern sollte. Der Haufe, welchen das Loos traf, nahm Abschied vom Vaterlande und setzte zwei Brüder als Führer über sich, die vornehmen Jünglinge *Ibor* und *Agio*, deren Mutter *Gambara* ihrer Klugheit wegen oft in schwierigen Lagen um Rath angerufen wurde." Da der Geschichtschreiber hier in Germanien weilt, so unterbricht er seine Erzählung, um von einigen Merkwürdigkeiten des Landes zu berichten: von den sieben Schläfern in einer Höhle am Meere, von den fellbekleideten Scritobinen, von der Mitternachtssonne, den langen Schatten, dem Charybdis-ähnlichen Meeresstrudel und einer dort vorgekommenen Tauchergeschichte. „Ibor und Agio", fährt er dann fort, „zogen mit ihrem Volke nach *Scoringa*, wo ihnen die benachbarten *Wandalen* unter *Ambri* und *Assi*, durch viele Siege übermüthig gemacht, freie Wahl liessen zwischen Tributpflichtigkeit und Krieg. Ibor und Agio aber, auf den Rath ihrer Mutter, beschlossen, mit Waffengewalt ihre Freiheit zu schützen. Die Winiler waren lauter

---

in Italia feliciter regnavit, a Germanorum populis originem ducens, licet et aliæ causæ egrassionis eorum asseverentur[2]), ab insula quæ Scandinavia dicitur adventavit, cujus etiam insulæ[3]) Plinius Secundus in libris, quos de natura rerum composuit[4]), mentionem facit. Hæc ergo[5]) insula, sicut retulerunt nobis qui eam lustraverunt, non tam in[6]) mari est posita, quam marinis fluctibus propter planitiem marginum terras ambientibus[7]) circumfusa. Intra hanc ergo constituti populi, dum in tantam multitudinem pullulassent, ut jam simul habitare non valerent, in tres, ut fertur, omnem catervam partes[8]) dividentes, quæ ex illis pars patriam relinquere novasque deberet sedes exquirere, sorte perquirunt[9]). 3. Igitur ea pars, cui sors dederat genitale solum excedere[10]) exteraque arva sectari, ordinatis super se duobus ducibus, Ibor scilicet et Ayone[11]), qui et germani erant et juvenili adhuc[12]) ætate floridi et cæteris præstantiores, ad exquirendas quas possint incolere terras sedesque statuere, valedicentes suis simul et patriæ, iter arripiunt. Horum erat ducum mater nomine *Gambara*, mulier quantum inter suos et ingenio acris et consiliis provida, de cujus in rebus dubiis prudentia non minimum confidebant. . . . 7. Igitur egressi de Scandinavia Winili[13]), cum Ibor et Ayone[14]) ducibus, in regionem quæ appellatur Scoringa[15]) venientes per annos illic aliquot consederunt[16]). Illo itaque tempore Ambri et Assi, Wandalorum duces, vicinas quasque provincias bello premebant. Hi jam multis elati victoriis nuncios ad Winilos[17]) mittunt, ut aut tributa Wandalis persolverent, aut se ad belli certamina præpararent. Tunc Ibor et Ayo[18]), adnitente matre Gambara, deliberant melius esse armis libertatem[19]) tueri quam tributorum eandem solutione fœdare[20]), mandant per legatos Wandalis[21]), pugnaturos se potius quam servituros. Erant siquidem tunc Winili[22]) universi ætate juvenili florentes, sed[23]) numero exigui[24]); quippe qui unius non nimiæ amplitudinis insulæ tertia solum modo particula fuerant[25]). 8. Refert hoc loco[26]) antiquitas ridiculam[27]) fabulam: quod accedentes Wandali ad Wodan[28]) u. s. w. Die folgende Erzählung ist zu bekannt, um vollständig im Original mitgetheilt zu werden. Etwas ausführlicher gibt dieselbe der (ältere) Prolog zum Edictum Rotharis (Abel S. 3 f.), wonach Wodan sonderbarerweise, indem Frea sein Bette dreht, nach *Westen* schaut. Zum Ganzen vgl. Br. Grimm, Deutsche Sagen 2, S. 24, 26 f., woselbst noch Greg. Tur. hist. epitom. c. 65, Gotfr. Viterb. p. 299. 304 (*Hibor et Hangio*) und die *Cambra* des Hunibald zur Vergleichung beigezogen sind.

1) Cod. Bernensis 83, f. 104a, 11.—12. Jh.: heroli atque turgilingi. — 2) asseverantur. — 3) insulæ etiam. — 4) composuit. — 5) igitur. — 6) lustr. magno in. — 7) terrarum servientibus. — 8) partem. — 9) nach Cod. Bern.; der Druck hat perquirit. — 10) relinquere. — 11) agione. — 12) fehlt. — 13) uinnuli; oben: uuinilorum. — 14) agione. — 15) scoringam. — 16) resederunt. — 17) uuinulos. — 18) agio. — 19) fehlt. — 20) solutionem fedarent. — 21) Wand. per l. — 22) tunc siq. uuinnuli. — 23) flor. iuu. act. — 24) perexigui. — 25) so Cod. Bern.; der Druck hat fuerit. — 26) in loco. — 27) ridiculosam. — 28) quodam, korr. aus quodam; später godam.

¹) Dies die richtigere Form, vgl. die Nebenformen bei Zeuss, die Deutschen u. d. Nachbarst. 157.

junge kräftige Leute, aber, da sie bloss der dritte Theil von der Bevölkerung einer nicht allzugrossen Insel gewesen, nicht sehr zahlreich. Nach einer alten lächerlichen Fabel sollen nun die Wandalen *Wodan* um den Sieg gebeten und dieser ihn *dem* Volke versprochen haben, das er morgens bei Sonnenaufgang zuerst erblicke. Gambara aber habe für ihr Volk zu *Frea* Wodan's Gattin geflcht, und diese ihr den Rath gegeben, die Winiler-Frauen sollten ihre **[Frauen als Männer.]** Haare auflösen und um das Gesicht in Bartes Weise zurichten, dann aber frühmorgens mit ihren Männern sich dem Wodan zu Gesicht stellen, vor das Fenster gen Morgen hin, aus dem er zu schauen pflegte. Sie hätten sich also dorthin gestellt, und als Wodan ausgeschaut bei Sonnenaufgang, habe er gerufen: „Was sind das für Langbärte?", Frea aber hinzugefügt: „Wem du Namen gabst, dem musst du auch Sieg geben." Auf diese Art habe Wodan den **[Namengebung.]** Winilern den Sieg verliehen, und seit der Zeit hätten sich die Winiler *Langobarden* (Langbärte) genannt." [1]

Die folgenden Kapitel erzählen von einer neuen Hungersnoth, welche die Langobarden aus Scoringa auszuziehen zwingt; der feindlichen Assipitter, die ihren Durchzug hindern wollen, erwehren sie sich glücklich durch das Vorgeben, sie führten hundsköpfige Menschen mit sich, sowie durch den siegreichen Einkampf, den ein Unfreier, zugleich seine Freiheit und die des Volkes zu erringen, mit einem Assipitter besteht. So gelangen sie nach Mauringa, dann nach Goland, besetzen Anthaib, Banthaib und Wurgondaib, errichten dort, nach dem Tod ihrer Führer, ein Königthum unter Agio's Sohn Agelmund, und nehmen endlich, durch Rugiland ziehend, in Italien ihren bleibenden Wohnsitz.

Wenig abweichend berichtet den Auszug der Langobarden, die aber nach ihm Dänen **[b, Saxo.]** gewesen, des *Saxo Grammaticus* grosses Werk, der Pathenschaft eines Erzbischofs Absalon von Lund nicht minder, als der Lobsprüche eines Erasmus und Fr. Chr. Schlosser würdig (vor 1186). Die Hungersnoth und Auswanderung findet hier zur Zeit des Königs *Snio* statt, **[König Schnee]** der „genauer besehen der personifizirte Schnee ist" — mit dieser naturmythischen Eigenschaft stimmt auch die Entführung seiner Gattin, das von ihm erlassene Verbot des Trinkens und die Antwort jenes gemüthlichen Süfflings betreffend König Schnee's nahen Tod S. 159 —; aber weil Saxo „nur geschichtliche Personen sah", konnte ihm das Schneewetter zur Dürre werden" (Uhland; Saxo 159: sive parum compluta humo, seu nimium torrida). Besser ist bei ihm, der neben Paulus (S. 159) offenbar noch andere Quellen hatte, namentlich das Ansehen der **[Mutter verhindert Tödtung der Ueberzähligen.]** Gambara (hier *Gambaruc*) von Anfang an begründet[2]): *sie* nämlich hintertreibt durch bessern

---

[1]) Der Schluss nach Br. Grimm, Deutsche Sagen 2, 27. Eine andere Ableitung des Namens Longobardi, *Μαχροπώγωνες*, von dem Wachsenlassen des Bartes bei Gelübden (Tac. Germ. 31) gibt Stephanius, Saxo, notæ uberiores 181, eine dritte s. unten S. 26, Note 6.

[2]) Saxonis Grammatici historia Danica ed. Stephanius, VIII, S. 159: . . . . *Aggone* atque *Ebbone* auctoribus plebiscito provisum est, ut senibus ac parvulis cæsis omnique demum imbelli ætate regno egesta robustis duntaxat patria donaretur, nec nisi aut armis aut agris colendis habiles domestici laris paternorumque penatium habitacula retinerent. Quorum mater *Gambaruc*, id ad se deferentibus filiis, cum a scelesti decreti auctoribus salutem in crimine repositam animadverteret, damnata concionis sententia necessitatem parricidio redimi oportere negabat, propius honestati consilium fore asserens animorumque ac corporum virtuti expetibilius, ut servata erga parentes ac liberos pietate patria excessuri sorte deligerentur. Quæ si senes invalidos obtulisset, robustiores se eorum loco exilio offerrent, ejusque pondus pro debilibus perferendum sua sponte susciperent. . . . Huic voci ad concionem relatæ plerique suffragiis assentiebantur. Igitur omnium fortunis in sortem

Rath die auf Veranlassung ihrer Söhne beschlossene Tödtung und Verbannung der Kriegs-
untüchtigen, und erscheint als hehre Vertreterin mütterlicher Menschlichkeit auch durch den
Antrag, dass bei einer Ausloosung statt der vom Loos betroffenen Greise die Jüngern freiwillig
auswandern sollten. Diese lässt dann Saxo nach Blekingia, *Boringia* und *Gutland* (Paul
Warnefried's Mauringa und Goland) segeln, wo sie durch Frea den Namen *Langobarden*
erhalten; bei *Rugia* (Rügen, vgl. P. Diac. Rugiland) die Schiffe verlassend (desertis navigiis)
gelangen sie endlich nach Italien.

Die spätern Bearbeitungen der Langobarden-Sage weichen im Einzelnen von Saxo ab.
Nach dem Langobardus anonymus [1] ist der Auszug durch eine Landplage, das Erscheinen
von Schlangen, veranlasst, was Uhland auf eine Verheerung des Landes durch die See — die
Weltschlange Iörmungandr — scheint deuten zu wollen.[2] Die „Rhythmi antiqui de exitu
Langobardorum, lingua Gotlandica" haben als Ursache wieder den Hunger, kennen aber die
Ausloosung und den Namen Gambaruc's nicht und nennen nur *Ebbe* von Wendelbo-Land und
Aage vom Godingenstamm, nebst ihrem Nachfolger *Hagelmunder* (Agelmundus bei P. Diac.).[3]
In der Reimchronik des 15. Jahrhunderts heisst der Dänenkönig *Snö*, in den Dänischen
Volksliedern bei Grundtvig *Snede*; nach den letztern lautet der Volksbeschluss auf Tödtung
jedes dritten Mannes, oder des dritten Theils vom ganzen Volke; die weise Frau nennen sie
Inger oder *Ingeborg*[4]; ein anderes Lied [5] hat die Namen *Snie, Ebbe, Aage, Gambaruok* (von
der *Wendelboerd*), erzählt im Ganzen nach Saxo, lässt aber auch den *dritten Theil* des Volkes
dem Tode verfallen sein.[6]

Left margin notes: Zwoitheilung (Loos). · c. Andere Meldungen. · Schlangen. · Hunger. · Dreitheilung.

---

conjectis, qui designabantur, extorres adjudicati sunt. Quo venit ut, qui sponte necessitati parere noluerant,
fortunæ judicio obsequi cogerentur cet.

[1] Zeuss, die Dtsch. u. d. NSt. 473. — [2] Uhlands Schriften VIII, 207, Anm., mit Vergleichung von
Florus 3, 3: quum terras eorum (Cimbrorum et Teutonorum scil.) inundasset oceanus. — [3] Stephanius Saxo,
Notæ ub. 181 f. mit lat. Uebertragung Vibergs:

    Ebbe oc *Aage* de Hellede frô   Sidende for hunger aff *Skaane* drô.
    . . . Dô neffnede *Vinnilender*, Jach siga kand   Effter *Ebbe*, som kom aff *Vendelbo* Land;
    Meden Aage var enum Göding kön,   Dog dê vârum baadum einum Möders Söner u. s. w.

— [4] Alliteration auf *Ibor* und *Agio*, vgl. *Ambri* und *Assi*. Grundtvig, Danmarks folkeviser, 3, 797. 1, 321 ff.
Müllenhoff in d. Zschr. f. d. A. 17, 70. — [5] Mir nur in handschriftlicher Uebersetzung vorliegend.

    Str. 4. König *Snie* versammelte seinen Rath;   Der thät ihm sein Urtheil geben:
         Den dritten Theil von dem Volke zumal   Die soll man bringen ums Leben.
         So müssen sie wohl in Dänemark!
    5. *Ebbe* und *Aage* waren die Ersten im Rath;   Das waren zwei kühne Helden;
         Ihre Mutter die hiess *Gambaruok*,   Der thäten das Urtheil sie melden. So müssen u.s.w.
    6. In *Jütland* wohnte die weise Frau,   Die Zierde der *Wendelboerde*;
         So übel behagt' ihr dieser Rath: Sie schwur: so soll es nicht werden! So müssen u.s.w.
Dieses Lied schliesst ferner noch die Geschichte von Albuinus und Rosamunda, und die Eroberung des Lango-
bardenreichs durch Karl den Grossen an:

    35, 2. Da flehten sie (die Römer) Hilfe vom Kaiser Karl,   Der kam aus fremdem Lande.
    36. Wenn viele Mäus' um die Katze sind,   So muss sie endlich weichen:
         Also den Langobarden es gieng,   Nicht kann ich die Wahrheit verschweigen, u. s. w.
— [6] Die Langobarden erhalten iu diesem Liede den Namen von den langen Hallbarden:
    22. Lange Barden führten sie meist,   Die langen und kühnen Mannen:
         Davon die *Langobarden* bis heut   Den ruhmvollen Namen gewannen. So müssen u. s. w.

Die *gotländische* Wandersage kennen wir nur ganz unvollständig; sie könnte den Auszug der Gothen, nach Müllenhoff, entweder ähnlich wie die dänische, oder wie die (sofort zu erwähnende) swevische Sage erzählt haben. Jedenfalls kennt auch sie die Ausloosung und Dreitheilung der Gothen, veranlasst durch die Uebervölkerung.[1]) III. Gotländer Uebervölkerung. Dreitheilung. (Loos).

Von der Herkunft der *Schwaben* erzählt ungefähr im 12. Jahrhundert[2]) ein Ungenannter[3]): IV. Schwaben „Im Norden liegt eine Landschaft am Meere, welche *Suevien* genannt sein soll. Sie war dem Götzendienst so sehr ergeben, dass jährlich zur Ehre und Versöhnung der Abgötter zwölf Christen erwürgt wurden. Zur Rache für dieses Christenblut strafte Gott die Bewohner des Landes mit Hungersnoth. Damals hatten sie einen rechtsverständigen König Namens *Rudolf.* Hungersnoth Dieser beschied die angesehenen Männer, ohne ihre Kinder, zur Berathung, wie sein Volk dem Hunger entgehen könnte. Einmüthig wurde beschlossen, dass Diejenigen, welche mehrere Blutiger Rath Söhne hätten, alle bis auf einen, den liebsten, tödten sollten. Bei dieser Verhandlung war *Anshelm*, Vater von fünf Söhnen; traurig gieng er nach Hause, wo er, auf Andringen seines Sohnes *Dietwin*, diesem die Ursache seines Kummers entdeckte. Dietwin bemerkte, dass nun auch er umkommen werde, weil sein Vater einen liebern Sohn habe; wenn er bei der Besprechung gewesen wäre, so würd' er vernünftigern Rath gegeben haben. Als[4]) nun zur Verkündigung des gefassten Beschlusses eine neue Versammlung gehalten wird, nimmt Anshelm seinen Sohn mit zu Hofe. Auf Erfordern des bekümmerten Königs sagt Dietwin seine Meinung: Man solle lieber Schiffe anschaffen, in denen die zum Tode Bestimmten statt dessen über Meer Dietwin hintertreibt ihn geführt würden. Diess erhielt allgemeine Zustimmung. Zwar erhub sich im Lande grosse Wehklage über die Ausweisung so vieler Söhne und Töchter; als jedoch die Fahrzeuge

---

[1]) Müllenhoff a. a. O. 71 (Gutalag S. 94 Schlyter, S. 107 Schildener): Sithan aucathis fulc í *Gutlandi* sö mikit um langan tíma at land elpti (= efti) thann thaim ai alla fytha. Thå lutathu thair bort af landi hvert thrithia thiauth, sö at alt sculdu thair aiga oc mith sir bort hafa sum thair ufan iorthar åttu. Sithan wildu thair nauthugir bort fara u. s. w. — [2]) Nach Müllenhoff a. a. O. 64. — [3]) „Anonymi Scriptoris de Suevorum origine libellus“ bei Goldast, rer. Suev. scriptt. Frkft. 1604, S. 15—20. (Ulm 1727, S. 1—3) aus einer Pfälzer Hs., wornach nunmehr von Müllenhoff, Ztschr. f. d. A. 17, 57—62. — 2. Eo tempore habuerunt regem quendam vocabulo *Rudolfum*, virum eque prudentissimum. hic cunctos que regionis optimates asciverat, ut consultu ipsorum gens sibi subdita evaderet famis incommodum. Atque illi absque liberis, sicut eis denuntiatum fuerat, ad regalem curiam profecti pari consensu statuerunt, quatinus hii, qui plures filios haberent, omnes præter unum sibi karissimum interimerent, idque ea ratione decreverunt, ut, quanto pauciores haberentur in provintia, tanto minus grassaret in populo famis inopia. — [4]) 4. Cum igitur omnes provintiæ principes in id ipsum convenissent ut diram sententiam prioris sessionis in liberos omnium promulgarent, *Ditwinus* quasi ore omnium locutus regi ceterisque ait optimatibus: „Domini mei, licet vestra providentia gubernari debeant omnia nostra, tamen non bene circumspecta in hoc fuit vestra prudentia, ut ob famis inopiam statueretis aboleri stirpem vestram.“ Hec rex audiens dolore tactus, similiterque principes illius pro suis caris pigneribus, conpellat Ditwinum quatinus depromat eis sanius consilium. At ille ait: „Si regi cunctisque suis optimatibus placuerit, innoxius sanguis hominum pro hac necessitate non effundatur, sed potius plures carine acquirantur, in quibus hii, qui debuerant interimi, trans marina deducantur.“ Que sententia cum universis placuisset, diversa genera navigiorum sparsim congregantur, ut his, qui fuerant proscripti, mare transveherentur. 5. Interea exoritur tocius provintiæ concursus pro filiis ac filiabus et lamentum ineffabile ex ipsorum relegatione. Igitur præparatis classicis instrumentis omnes qui erant occidendi, carinas illas ascenderunt moxque vento arrepti vehementissimo eiecti sunt in portu Danorum in loco Sleswic nominato. Quo vi tempestatis appulsi cunctas scafas minutatim consciderunt, ne denuo repatriaret quisquam eorum.

Volkstheilung. bereit waren, schifften Diejenigen sich ein, welche sonst hätten sterben müssen. Bald wurden sie von heftigem Sturm ergriffen und in den Hafen der Dänen, zu *Schleswig*, geworfen. Hier Zerstörung der Schiffe. lieben sie die sämmtlichen Schiffe zu Stücken, damit keiner von ihnen in die Heimat zurückkäme. Das Land durchstreifend, gewannen sie so reiche Beute, dass zwanzigtausend der Zweitheilung. Ihrigen beritten gemacht wurden: die übrige Menge folgte den Reitenden zu Fuss. Nachdem sie dieses Dänenland mit starker Hand durchwandert, zogen sie zum Elbestrom, überschritten ihn und verbreiteten sich über die Nachbarschaft.[1)]"

Die nächstfolgenden Abenteuer der Schwaben hat unser Anonymus zum Theil mit Widukind und Andern[2)] gemein. Zwei sich befeindende Schwäger, Dietrich der Franke und Irmenfried der Thüring, werben um die Hilfe des wandernden Volkes. Die schwäbische Reiterei, durch Landversprechungen gewonnen, jagt im Bunde mit den Franken die Thüringer über die Unstrut und lagert sich ihnen gegenüber am Flusse. Irmenfried unterhandelt nun um Frieden unter drückenden Bedingungen. Da ereignet sich's, dass der Habicht des beizenden Thürings Nordschwaben siegen am scheidenden Flusse durch Verrath. Wito, nachdem er einen Reiher erlegt, sammt seiner Beute dem Schwaben Gozhold, am andern Ufer, in die Hände fällt. Um seinen Vogel wieder zu erhalten, verräth Wito diesem die frankenfreundlichen Absichten des thüringischen Königs, und, indem er den Habicht reitend zurückholt, zeigt er zugleich dem Schwaben eine Furt im Flusse. Gozhold meldet den Seinen das Gehörte; diese fürchten von den Franken um ihren Lohn betrogen oder gar von den vereinten Völkern vertrieben zu werden; sie setzen durch den Fluss, überfallen die Thüringer, von denen nur 500 zu Attila entrinnen, und lassen sich dann an der Unstrut nieder. — Südschwaben siegen auf der Flussaue durch List; Weiber als Siegesbeute das Mittel dazu. Darauf hin sucht auch das schwäbische Fussvolk, das in den Zelten zurückgeblieben, sich Wohnstätten, und besetzt zuerst die *Schwabaue* zwischen dem Donaufluss und einem Walde, um über die Penninischen Alpen zu gehen. Die Ruhenden aber bedroht König Adilvolch von Burgund, vom Wilzenherzog Alpker zu Hilfe gerufen, mit bewaffneter Macht. Als[3)] die Sueven diess erfahren, bekleideten sie, nach dem Rath eines gewissen Lutthold, ihre Frauen mit den besten Gewanden, schmückten sie mit Gold und Silber und liessen sie so mit den Kindern in den Gezelten zurück. Die Männer giengen mit den Waffen abseits in den Wald und bargen sich dort im Hinterhalt. Die Feinde rückten an und als sie im Lager nur die Frauen sammt den

---

[1)] Die Uebertragung ist von *Uhland* (Schriften 8, 202 f.), der (was Müllenhoff a. a. O. 62 nicht zu beachten scheint) sich dort ausführlich mit der aus Goldast ihm wohl bekannten Sage beschäftigt. Vgl. auch Schr. 1, 469. — [2)] Müllenhoff a. a. O. 64 ff. — [3)] His compertis Swevi, consilio cuiusdam Luttholdi, matronas suas optimis vestibus amicierunt, auro quoque ac argento ornatius decomperunt ac in papilionibus cum infantibus relinquerunt. Porro viri ipsarum armis assumptis in silvam secesserunt et illic in insidiis latuerunt. Et factum est, cum hostes venirent et neminem in castris nisi mulieres cum infantulis reperirent, ingentem prædam exeruerunt seque onustatos cum feminis et parvulis abierunt. Denique Swevi pedetemptim ex latibulis emergentes collectam multitudinem armatorum invaserunt, spoliisque ereptis omnem illam militiam Burgundionum extinxerunt et terras ipsas circumquaque in suum dominium contraxerunt. — Den Schauplatz dieser Sage möchte ich auf der Au gegenüber dem Kloster Rheinau bei Schaffhausen suchen, welche jetzt *„im Schwaben"* heisst und vom anstossenden Lande noch heute durch Reste uralter *Verschanzungen* abgeschlossen ist; sie hiess früher wirklich *Swabowa*, schon 870 und 876. Ich finde bei Uhland dieselbe Vermuthung (S. 220) und den Nachweis der Erwähnungen von Swabowa: Neugart 1, 375. 407. — Der Rhein, der unsere Schwabaue umströmt, könnte in der sagenhaften Ueberlieferung der nördlicheren Gegenden leicht mit der näheren Donau zusammenfliessen.

Kindern fanden, machten sie reiche Beute und zogen, mit den Frauen und Kindern, sich belastend, wieder ab. Da kamen die Sueven sachte aus ihren Verstecken hervor, brachen in die Menge der Gewaffneten, entrissen ihnen den Raub und vertilgten dieses ganze Burgunderheer; die Lande rings umher zogen sie unter ihre Herrschaft." [1]

Der Sachse *Widukind* (um 950) erzählt diese Abenteuer des zweiten Theils der Sage, wesentlich übereinstimmend, von den *Sachsen*, auf die sie wohl von den *Nordschwaben* zwischen Saale und Bode übertragen ist (schon 200 Jahre vor ihm ist von den „Sachsen" die Rede, „die man Nordsuaven nennt" [2]); auch er gibt also ohne Zweifel die ursprünglich *schwäbische* Ueberlieferung [3]). Der Kampf dieser seiner „Sachsen" begibt sich bei Burg *Scheidungen* (Scithingi) an der Unstrut, wo das vergessene „scheidende" Gewässer der alten Sagen wenigstens im Ortsnamen seinen Ersatz findet, während Gregor von Tours, der Aehnliches von den *Franken* und *Thüringern* erzählt, die Erstern als Sieger auf den Leichnamen der erschlagenen Thüringer die Unstrut überschreiten lässt. [4]) Den letzten Zug der Sage, von den *Schwaben*-Frauen, welche die Siegesbeute bilden, oder wenigstens bilden sollten, hat auch Gregor: Die aus Italien zurückkehrenden *Sachsen* verlangen ihr Land von den inzwischen darin angesiedelten *Schwaben* zurück und theilen zum Voraus deren Frauen unter sich, werden aber grösstentheils erschlagen. [5]) Umgekehrt in der Glosse des Sachsenspiegels [6]), wo die *Schwaben* die Weiber der mit Hengist im Krieg abwesenden Sachsen nehmen, daher bei diesen die Frauen nun erblos sind.

Marginalia (right):
v. Sachsen und Thüringer entlehnen die schwäb. Sage.

Sage von den Schwabenfrauen als Siegesbeute wiederholt.

Aus obiger Zusammenstellung ergibt sich, dass die genannten deutschen Stämme alle ihre *Wandersage* gehabt haben, die, obwohl im Ganzen überall dieselben Züge, doch im Einzelnen jedesmal bedeutende Abweichungen zeigt. Wir werden daher nicht litterarische Benutzung der einen Sage durch die andere, sondern vielmehr selbständige Weiterbildung einer gemeinsamen Ursage anzunehmen haben.

Marginalia (right):
Jede dieser Sagen selbständig.

---

[1]) Nach Uhland a. a. O. S. 205 f. — [2]) a. a. O. S. 217. — [3]) Dass wir beim Anonymus wie bei Widukind eine spezifisch *nordschwäbische* Sage vor uns hätten, ist für mich durch Müllenhoff nicht zwingend erwiesen, um so weniger, da (Müllenhoff 69) der Schreiber kein Nordschwabe, sondern ein Oberdeutscher war. Vom schwäbischen *Fussvolke* herzustammen und nicht von jenen 20,000 Berittenen, den Vätern der Nordschwaben, war für das Volk des südlichen Hügellandes, das seine Heimat mit den pferdereichen Ebenen der nördlichen Stammgenossen verglich, gewiss „gar keine Schande", und sein durch List errungener Sieg ist am Ende eben so ehrenvoll wie der durch Verrath gewonnene der Nordschwaben. Eine Sage, die ausschliesslich die letzteren verherrlichte, hätte die That der Südsueven übergangen. Wie die Erzählung zu Anfang noch beide Völker als einer zeigt, so gibt sie auch später die Geschichte beider Stämme, die sich noch Eins fühlten, unparteiisch neben einander. Andere sächsische Darstellungen bei Müllenhoff a. a. O. 64 f. — [4]) Greg. Tur. 3, 7. Uhland a. a. O. 8, 212. — [5]) Ebenda 214. — [6]) Glosse zu 1, 17 und 2, 12. Br. Grimm, Dtsch. Sagen 2, 70. Uhland 8, 215.

Ebenso die
Schweizer Sage. Unsere *Schweizer Sage* nun steht zu diesen älteren Sagen im gleichen Verhältniss wie diese zu einander.

Ihre Eigenthüm-
lichkeiten: Ihr *erster Theil* zunächst hat neben mannigfachen Uebereinstimmungen auch seine ihm eigenen sagenhaften Züge. Gemeinsam hat er mit jenen Sagen gerade die früher als älter nachgewiesenen Partieen: die skandinavische Herkunft des Volkes, die Auswanderung in Folge des Mangels an Lebensmitteln (nur der Lang. anon. gibt einen andern Grund, der aber den genannten sofort zur Folge haben musste), — gemeinsam auch — was wir jetzt beifügen — die zweimalige Verordnung über die Ausloosung des Männerzehntens. Eine solche zweimalige Verordnung findet sich wenigstens in den langobardischen Erzählungen und in der schwäbischen: bei den Langobarden wird, nach Saxo, der Reimchronik [1]) und den Liedern, in einer ersten Versammlung die Tödtung der Ueberzähligen, in einer zweiten auf Gambara's Rath die Auswanderung beschlossen, und Paulus Diaconus hat doch mindestens von guten Räthen der Gambara (1, 3. 7) und einer Wiederholung wenn nicht der Berathung, so doch der Auswanderung (1, 10) gewusst; bei den Schwaben wird der erste auf Tödtung der Kinder lautende Beschluss, welcher in der zweiten Versammlung verkündet werden soll, auf Dietwins Rath durch eine mildere Bestimmung derselben aufgehoben. Diese doppelte Verordnung der Ursage nun erscheint in der Schweizer Sage ganz eigenthümlich umgeformt. Statt des „Ungeschicks" der Erzählung beim Schwaben, der für seine zweite Versammlung eigentlich keinen Zweck hat, uns dagegen wohl in *Dietwin*, dem „Volksfreunde", einen echten alten Namen gibt, zeigt sich beim Schweizer zunächst ein Verblassen der ursprünglichen Ueberlieferung, sodann aber eine selbständige, weniger sagenhafte und, ich möchte sagen: demokratische Umgestaltung. Im „Herkommen der Schwyzer" fassen jene „Ritter, Edeln, Burger" und „ander gemeinden" unter König Cisbertus (Etterlin kennt keinen König und berichtet nur, „das sy ein andern ůss dem selben lande mêren muostent mit der mêren hand") zuerst den Beschluss, ein Gesetz zu erlassen, wornach jeden Monat der durchs Loos zu bestimmende Zehntheil aller Männer bei Todesstrafe auswandern muss; eine zweite Versammlung setzt eine wöchentlich stattfindende Ausloosung Der zweite
Volksbeschluss
verschärft den
ersten. fest. Also hier eine Verschärfung des früher erlassenen, durch völlig *gesetzliche* Todesandrohung bekräftigten Gebotes, dort eine Milderung des in der Verzweiflung beschlossenen blutigen Gewaltaktes. Ob hiebei die Einzelheiten erst vom Bearbeiter stammen oder schon aus der Volkssage, thut Nichts zur Sache; sicher ist, dass ihm nicht die Erzählung von der Milderung des ersten Beschlusses durch den Rath eines oder einer Einzelnen, etwa nach Saxo, vorlag, sondern nur die Volksüberlieferung von zwei verschiedenen Versammlungen und von dem einem Theil des Volkes angedrohten Tode. Mochte er noch so skeptisch sein (und das ist doch nicht die Schwäche der frühesten Erzähler unserer Sage), oder noch so trocken, nüchtern und dem Volksgeist entfremdet: die dramatisch spannende Erzählung von einem grossen Frevel, den das gesammte Volk auf sich zu laden im Begriffe steht und von dem es — am schönsten bei Saxo — nur durch den weisen Rath eines Weibes oder eines Jünglings bewahrt bleibt, hätte er gewiss nicht übergangen; und gesetzt auch, der Volksbeschluss auf Tödtung der Unwehrhaften hätte ihm Skrupel gemacht, so hätte er gerade bei Saxo (159) *daneben* (wie bei P. Diac.

---

[1]) Müllenhoff a. a. O. 70.

Wandersagen der germanischen Völker.

	Gothen	Langobarden (Winiler)	Gotländer	Schwaben	Süd-Alamannen (Schwyzer u. Oberhasler)	Zur Vergleichung: Lyder-Tyrrhener
a. Alte Heimat:	Scanzia.	Scanzia.	Gotland.	"Suecia" = Schwaben. urspr. überh.: Norden.	Schweden (u. Friesld.)	Asien.
h. Landplage:	Uebervölkerung.	Uebervölkerung od. and. Ursachen (P. Diac.): Schnee, Dürre, Schlangen (= Meeresüberschwemmung?).	Uebervölkrg.	Hungersnoth (als Strafe für Christenmord).	Nordens. Uebervölkerung.	Hungersnoth.
c. Verordnung dagegen, meist zweifach: 1.	—	Tödtung der Unwehr. od. d. dritten Theils der Bevölkerung (b. Paulus übergangen; bei Saxo vorher noch: Verbot des Trinkens).		Tödtung aller Söhne einer Familie bis auf einen u. s. w.	Auslosung des Manwerzehlenden jeden Monat.	Spielen.
2.	Auswandrg. in drei Schiffen; Trennung durch das Zurückbleiben d. dritten und durch den Einsturz der Brücke bei Owin (gespenstische Stimmen der Zurückgeblieb.).	Zweitheilung (Paulus: Dreitheilung) u. Auswandrg. d. durchs Loos bestimmten Theils (der Jüngern) auf Gambarue's Rath.	Dreitheilung u. Auswandrg. nach dem Loos.	Schiffbau, und Auswandrg. des zum Tode bestimmten Theiles, auf Dietwin's Rath.	Dasselbe jede Woche. Auswanderung; 2 Völker, 3 Führer.	Zwei- oder Dreitheilung (2 od. 3 Herrscher)n. Auswandlg. n. dem Loos.
d. Anlass der ersten Ansiedelung (verhinderter Wasserübergang, früher: Zurückbleiben eines Theiles im Todtenreich):	—	Zurücklassung d. Schiffe auf Ragen.	Burgunder. Zerstörung d. Todteurichengen-Schiffs and. Donau.	Zerstörung der Schiffe bei Schleswig; Zweitheilung in Reiterei und Fussvolk (später Nord- und Südschwaben).	Unbrauchbarkeit des Schiffes (urspringl. Zweitheilung des Schiffes) bei Brunnen; Zwei- oder Dreitheilung des Volkes.	Landung in Umbrien; Namengebung nach dem Führer Tyrsenos.
e. Wunderbarer Sieg:		Sieg mit Hilfe der als Männer vermummten Frauen. Namengebg.		Sieg (der Südschwaben) am scheidenden Gewässer (Rhein od. Donau. Schwaban) mit Hilfe der als Siegesleute verkleideten Frauen. (Aehnliches von den Sachsen, d. h. wohl eigtl. Nordschwaben). Sieg (der Nordschwaben) am scheidenden Gewässer (Unstrut), durch einen Kaiser*) und eine Verräthera veranlasst.	Sieg mit Hilfe der verkleid. Frauen, (passim) z. Th. mit Namengebung.*)	

*) der, wenn auch nicht zu der (hier fehlenden) Namengebung, doch zur Spitznamengebung; siehe den unnahbaren Schutz Maximin's (sic), nach einer allgemeinern Vorlage im Gr. 17, 311; die (Swaban) scharpa ein roger ab einem gotan. — Vgl. auch das Durchschwimmen des Flussfeldes ebenda 316, mit Dem, was die Langobarden von den Her...

*) Rosaralbe (Kilurger II. Vb. mangelhaft; doch id. die Verkleidung des Adlers an die Haufer mit dergonnten eines Adlers und dreier Raben an die jetzt wahrer Riesen: Wyss, Reise im Oberland I, 35?, Kohlrusch, Sagenbuch S. T.)

1, 2 *dafür*) die Verbannung vorgefunden. Wäre vollens Kiburger dieser erste Entleiher gewesen, er hätte nicht bloss nach seiner Weise mit seiner Quelle geprahlt und seine Schwyzer als Saxo's skandinavische Langobarden nachzuweisen gesucht, sondern er hätte namentlich eine Gestalt wie Gambara sich nicht entgehen lassen, und vor Allem — noch viel mehr gestohlen.

Hingegen erklären sich all diese Eigenthümlichkeiten sofort, wenn — was auch durch die früheren Ueberlieferungen der Sage bestätigt wird — keine späte litterarische Vermittelung derselben an unsere frühesten Gewährsmänner stattfand, sondern vielmehr diese sie aus der alten Ueberlieferung des Volkes schöpften. Hier war, was schon im 12. Jahrhundert bei den Schwaben verwischt erscheint: die Veranlassung der zweiten Versammlung durch den menschlicheren Rath, völlig vergessen und nur die zwei Versammlungen selbst geblieben; man legte sich diese Ueberlieferung nach den im Lande giltigen Begriffen von Gesetz und Volkssouveränetät zurecht. Zur Zeit, da die Sage auch hier noch frisch war — wer dachte damals bei uns an's Aufschreiben von dergleichen? Was wüssten wir selbst von der viel weiter verbreiteten swevischen Wandersage, wenn nicht zufällig einmal in seiner Zelle ein Mönch auf den Gedanken gekommen wäre, sie für seine Klosterbrüder aufzuzeichnen? (Dieser Zug verwischt, wie bei den Schwaben.)

Dass aber gerade mit dieser swevischen Wandersage, die ihr auch durch die Oertlichkeit und die Zeit der Ueberlieferung am nächsten steht, die unsrige am meisten Verwandtschaft hat, ja dass für beide eine gemeinsame nähere Ursage anzunehmen ist, das wird — ausser durch andere, später zu erwähnende Anklänge — höchst wahrscheinlich gemacht durch die Theilnahme der *Friesen* an der Wanderung der Schweden-Schwyzer. Diese wäre sonst völlig räthselhaft, da die Friesen unseres Wissens niemals gewandert sind[1]). Wohl aber bildete, worauf Müllenhoff hingewiesen hat[2]), „das *Frisonoveld* mit dem Hassago (Hessengau?) die südliche Nachbarschaft des Nordschwabengaus gegen die Unstrut". Der wandernde Stamm — Schwaben und Schwyzer vereinigt — mochte nun leicht die Einwohner des Friesenfeldes, die auf einem Zuge berührt und theilweise mitgerissen worden, oder eine Zeit lang neben ihm sesshaft waren, zum Unterschiede von den eigentlichen Friesen im fernen Nordwesten, zu *Ostfriesen* machen. Ob dann unter den Sueven = Schwyzern die ehemaligen Grenznachbarn des Friesenfeldes — vielleicht auch einzelne mitwandernde Söhne dieser Landschaft selbst — bei der spätern allmäligen Besetzung des Alpenlandes durch Alamannen ins Haslithal vordrangen, oder ob die Hasler nur aus Lokalpatriotismus sich nachträglich mit diesen frühern Nachbarn (bzw. vereinzelten Mitwanderern) ableiteten, bleibt ungewiss. Sicher ist nur, dass die seit Mitte des 15. Jahrhunderts schriftlich auftretende Nachricht der Sage von der *friesischen* Ab_kunft der Oberhasler nicht eine späte Entlehnung aus einer nicht-alamannischen Quelle, und auch nicht aus dem schwäbischen Anonymus ist — höchst wahrscheinlich auch, dass sie älter ist als dieser und sogar als manche der besprochenen alten Wandersagen: sie geht allem Anschein nach zurück in die Zeit, wo die schweizerischen Alamannen noch Ein Volk waren mit den Schwaben — den Nordschwaben so gut wie den Südschwaben — und, in den Stürmen der Völkerwanderung vorläufig zur Ruhe gelangt, die gemeinsamen Wandererinnerungen in Liedern sammelten. Diese Erinnerungen und Lieder nahmen die zu Anfang des 5. Jahrhunderts in die

2. Theilnahme der Friesen

welche Nachbarn der Schwyzer ben waren.

---

[1]) Bächtold a. a. O. LXXXV. — [2]) a. a. O. S. 71.

ebene Schweiz vordringenden Schaaren der Alamannen mit sich; sie überdauerten den Tag von Zülpich (496), und die von da an einzeln [1]) in den Alpen sich ansiedelnden Kolonisten erbten sie, eifriger als die Bewohner der Ebene, unter sich fort, bis im 15. Jahrhundert das freiheitliche Aufstreben dieser Gegenden und das erwachende Selbständigkeitsgefühl sie zum ersten Mal der Aufzeichnung werth erachtete oder aus halber Vergessenheit wieder erweckte.

Diese ersten schriftlichen Aufzeichnungen, deren Entlehnung aus Saxo fast schon der Zeit nach eine Unmöglichkeit wäre [2]), und nicht bloss dem Inhalte nach, welcher zudem laut Etterlins Polemik bereits verschiedene Varianten hatte, — diese ersten Aufzeichnungen der Sage also zeigen nun aber theilweise noch eine Erweiterung der Auswanderungssage. Etterlin und seine Nachfolger wissen noch von einer *verhinderten Fahrt* über den Vierwaldstättersee. Auch diesen *zweiten Theil* hat Etterlin, der gegen die Kiburger'sche Darstellung polemisiert, und „rechte alte Historien" benutzt hat, in der Ueberlieferung vorgefunden, welche dort am See durch das Heimathsgefühl und die Oertlichkeit unterstützt wurde, während die andern Quellen, dem Schauplatz ferner stehend, ihn vergessen oder übergangen haben.

3. Verhinderte Seefahrt,

welche unhistorisch

Dass wir es in diesem *zweiten Theile* nicht mit einer wirklichen Thatsache zu thun haben, verräth sich auf den ersten Blick. Einmal kann ein wanderndes Volk — die bestimmte Angabe von 7200 [3]) oder 5000 [4]) Männern mit Weib und Kind und grossem fahrendem Gut ganz bei Seite gelassen — nicht wohl daran denken, sich von einem einzigen Fährmann über den See drei Wegstunden weit von Brunnen nach Flüelen, oder auch nur drei Viertelstunden weit, etwa nach der Treib, setzen zu lassen. Sodann weiss man nicht, was der Fährmann hier zu thun oder wessen er zu warten hat, wenn das ganze Land noch eine „Wilde" [5]) ist; denn dass schon damals, vor 387 nach Kiburger, unter Justinian nach Etterlin, oder auch zur Zeit der ersten alamannischen Einwanderung daselbst *„ein strass und ein far gewesen"*, wie Etterlin, um seine

---

[1]) Nach Burckhardt (Archiv f. schweiz. Gesch. 4, 50. 104) waren zur Zeit Karls des Grossen (800) in allen drei Ländern und in der Gegend oberhalb des Thunersees wohl kaum 100 Feuerstellen, und das Gebirge überhaupt erst im 12. Jahrh. so weit bevölkert wie jetzt. — [2]) Saxo wurde zuerst 1514 gedruckt. 1480 erschien eine niederdeutsche Uebersetzung im Druck. Rochholz konstatiert nun, dass die gedruckte Litteratur der dänischen Tokosage demgemäss „nur noch um vier Jahre von der ersten handschriftlichen Meldung der schweizerischen Tellensage entfernt" stehe, und glaubt, es müsse *„somit* jene Litteratur auf Bestand und Gestaltung der Schweizersage jedenfalls einen litterarischen Einfluss gehabt" haben. Ein solcher litterargeschichtlicher Vorgang ergebe sich als völlige Thatsache, wenn man auf die Streitfrage über die Abkunft des Schweizervolkes eingehe. Diese Streitfrage wird dann dahin entschieden, dass das „Herkommen", was wir widerlegt zu haben glauben, einfach direkt aus Saxo geschöpft sei, und ebenso Schradins Reimchronik (darüber vgl. oben S. 11). Für uns besteht nach dem Obigen dieser „litterarhistorische Vorgang" nicht und beweist uns daher auch Nichts für eine direkte Entlehnung der Tellengeschichte aus Saxo; und dass eine solche stattgefunden haben *müsse, weil* 4 Jahre nach der ersten Erzählung von Tell ein Auszug aus Saxo in Lübeck gedruckt wurde, und zwar in *niederdeutscher* Sprache, welche in der Schweiz weder Gelehrt noch Ungelehrt verstanden hätte: das scheint uns ein allzukühner Schluss. Durch Annahme blosser Entlehnung aus Saxo ist für uns vor der Hand weder die Frage nach der Entstehung der Tellsage, noch diejenige nach dem Ursprung unserer Wandersage gelöst. — [3]) So Kiburger, Ostfriesenlied u. s. w., s. oben. — [4]) So Etterlin Bl. 10; ob der fünf Tusigen on wib und kynde. Burckhardt bemerkt auch mit Recht (a. a. O. 104), dass ein Land im Zustand der Wildniss eine solche Bevölkerung gar nicht zu ernähren vermöchte, welche die Chronisten (die früheren fabelhaften Ansiedelungen mitgerechnet) fast stärker angeben, als sie dermalen im angebautem Zustande vorhanden ist. — [5]) D. h. in der innern Schweiz und in Graubünden: eine Gegend, die Nichts als Wald und Heu hervorbringt.

Sage zu retten, bemerkt: das wird ihm Niemand glauben, der da weiss, dass von allen schweizerischen Alpenpässen der Gotthard der jüngste ist und östlich und westlich Septimer, Bernhardin, Grimsel u. s. w, lange vorher begangen wurden.

Dagegen erkennen wir in dieser Ueberlieferung an verschiedenen Stellen noch ganz deutlich die Handschrift der *Sage*. Dass die erste vorläufige Ansiedelung durch ein trennendes oder hinderndes Gewässer veranlasst wird, das nach Uhland in den Wander- und Kampfsagen der alten Völker überall mitspielt [1]), ist uns z. B. bei den Gothen vorgekommen (oben S. 19)· Dort verhinderte der Einsturz der Brücke den Uebergang der einen Heereshälfte auf die von der andern schon besetzte Insel oder Halbinsel Owin [2]); hier veranlasst die Unbrauchbarkeit der Fähre das Verbleiben eines Volkstheiles auf dem diesseitigen Ufer. Eines *Theiles* auch bloss: denn der andere, die Unterwaldner und Hasler, ziehen nachher doch hinüber; vielleicht auch, dass in der ältern Sage diese schon voraus und durch den See von den Schwyzern getrennt waren, und dass die letzteren, wie die Gepiden bei den Gothen (wo sich die Trennungssage doppelt findet) hintennach kamen und nicht mehr überfahren konnten: Schwyz gilt ja auch dem Weissen Buche als das zuletzt bevölkerte der drei Länder, wogegen Etterlins Erzählung von einer anfänglichen gemeinsamen Besetzung durch sämmtliche Ausgewanderte streiten würde. Wie dem auch sein mag, es bleibt bei beiden Völkern als sagenhafte Veranlassung der Ansiedelung der Umstand bestehen, dass auf mehr oder weniger wunderbare Weise die gewöhnlichen Mittel zum Wasserübergang unbrauchbar geworden sind. Aehnliches berichtet die Sage der Schwaben bei Anlass ihrer ersten kurzen Ansiedelung, auf welche ebenfalls eine Trennung, in Reiter und Fussvolk — später Nordschwaben und Südschwaben — folgt (oben S. 24): nur dass hier die *Rückfahrt* es ist, welche abgeschnitten wird, und zwar durch eigenhändige Zerstörung der zu Schleswig vom Sturm ausgeworfenen Schiffe; — die Langobarden lassen wenigstens bei Rügen die ihrigen im Stich [3]). Diesen Zug der schwäbischen Sage vergleicht Uhland [4]) nicht nur mit der Verbrennung der helvetischen Städte und Dörfer durch die abziehenden Bewohner [5]) — wo das scheidende Gewässer fehlt —, sondern namentlich mit. Dem, was die burgundisch-fränkische Heldensage von dem Donauübergang der Nibelunge und der Zertrümmerung ihres Schiffes erzählt. Diese Parallele gibt uns aber auch die mythische Bedeutung unseres *Fährmanns* an die Hand, der zu den übrigen Einzelangaben der Sage so wenig als zur Geschichte recht passen will.

Wer ist dieser wunderliche Ferge, der nicht fahren kann und so die passive Veranlassung zur Ansiedelung wird? Im Nibelungenlied [6]) und der Thidreks-Saga [7]) sind die Beziehungen des Flussüberganges und der dabei thätigen Schiffslenker zum Todtenreiche längst erkannt. Hagen beut dem in der Herberge harrenden Fergen Else's einen Goldring als Fährlohn; dieser, obwohl reich, will den Ring für seine junge Frau verdienen; sie gerathen in Streit; der Schiffmann

Marginalnoten: und mythisch ist,

wie der Fährmann.

---

[1]) a. a. O. 211, zunächst nur vom scheidenden *Flusse*, aber gewiss nicht mit absichtlicher Einschränkung auf fliessendes Wasser. — [2]) Für's 6. Jahrh. dürfen wir doch wohl schon *Owin* als identisch mit gothisch *ahva*, Wasser (vielleicht auch schon: Insel) annehmen (Dat. Plur.?). — [3]) Saxo VIII, Steph. 159: desertisque navigiis solidum iter ingressi. — [4]) a. a. O. 207. — [5]) Cæsar, Bell. Gall. I, 5. — [6]) Nib. 1490 ff. (L) — [7]) Thidhreks-S. c. 365 ff. Vgl. Atlamál 35.

will nicht fahren, oder nicht so wie Hagen will; dieser erschlägt ihn und rudert selbst so eifrig, dass das Ruderzeug Schaden leidet; er flickt es wieder und bringt die Nibelunge, die (nach der Th.S.) mit ihrem Schiffe umgeschlagen sind, glücklich über die Strömung; nur der Kaplan (nach dem Nib.-L.) kommt nicht mit hinüber. Drüben schlägt (im N.-L.) Hagen das Schiff in Stücke und wirft es in die Fluth [1]); auf der Marke wird Eckewart schlafend gefunden. Hier also scheidet der Fluss Todte und Lebendige, wie in der Edda die Furt den todten Sinfiötli, der durch den Todtenschiffer Odhin entführt worden ist, von seinem Vater Sigmund trennt [2]), oder der Leichnam eines Gottes oder Helden, z. B. Baldrs oder Scylds, im steuerlosen Schiffe dem Meere übergeben wird, oder wie endlich schon Scylds Vater Sceáf, der auf seiner Garbe im Schiff ohne Steuer über Meer gekommen, ebenso wieder in seine Heimat zurück gelangt [3]). Todtenfluss und Todtenschiff sind uralte germanische, und bekanntlich auch schon antike Vorstellungen; wenn daneben auch eine Todten*brücke* erscheint, wie in der jüngern Edda (Gylfag. 49), und dann in der gothischen Trennungssage der durch den Brückeneinsturz abgeschnittene Haufe nach Jahrhunderten noch gespenstische Stimmen hören lässt, so sind wir berechtigt, in dieser Brücken- wie in den Schifffahrts-Wandersagen verdunkelte Mythen zu sehen vom Durchgange durch's Todtenreich oder Verbleiben eines Theils des Volkes in demselben, wie solche auch in der Sage von Odysseus erkannt sind, der aus dem Hades, aus dem Lande der Kalypso und der Phäaken schlafend und allein, zum Theil auch mit beinahe verstümmeltem Steuer [4]), in sein Heimatland gelangt. Bei Jornandes ist die Bedeutung der Brückensage: dass ein Theil des Volkes dem Tode verfällt, nicht zu verkennen. Bei den Schwaben geschieht die in der langobardischen Sage nur angedeutete Zertrümmerung der dem Sturm entronnenen Schiffe im Hafen der Dänen zu Schleswig, und dort war, wie Uhland erinnert [5]), der Knabe Sceáf angefahren: an die berühmte Stätte, von wo aus der Weg ins Todtenreich führte, mochte sich leicht die Sage von einem Durchgang durch dieses Reich anknüpfen [6]), welchem nach der Rettung die Schiffe zurückgegeben wurden. Die Sage nun von einem solchen Durchgang in grauer Vorzeit wurde auch von den Kolonisten am Vierwaldstättersee mitgebracht; sie lokalisierte sich an dem zuerst angebauten Orte des Seeufers, zu Brunnen, von wo aus wohl die ersten Anbauer des südlichen Ufers ausfuhren, um, gleich Gothen und Schwaben, drüben eine bleibende Heimath zu finden. Am Schwyzer Ufer aber wurde — und nur von *dieser* Version wissen wir Etwas — die Durchgangssage vergessen; es blieb nur die Ansiedelung am Ufer des stürmischen Sees, und zwar diesseits, im Gedächtniss haften, sowie der Todtenschiffer, der, gleich demjenigen der wandernden Burgunder an der Donau, in der Hütte der Ueberzuführenden harrt, der nicht fahren kann, so wie jener nicht fahren *will*, und dessen Fahrzeug zur Hinüberfahrt unbrauchbar ist, so wie die anfangs

Dieser ist ursprünglich Todtenschiffer,

---

[1]) In der Edda heisst es wenigstens: Unbefestigt blieb das Fahrzeug, da sie zu Lande fuhren (Atlm. 35)
hömlur slitnudhu,   háir brotnudhu,
gerdhut far festa   ádhr their frá hyrfi,

[2]) Sinfiötlalok 2 f. Odhin führte selbst die Erschlagenen von Bravalla auf goldenem Schiff nach Walhall. —
[3]) Nach Simrock. — Weitere Belege Grimm's Myth. (4. Ausg.) 692 (790) ff. — [4]) Od. 9, 539 ff. — [5]) a. a. O. 208.
— [6]) Einen solchen mythischen Durchgang dürfen wir wohl auch in ältern Sagen, z. B. in derjenigen vom Zuge Israels durchs Rothe Meer, erkennen.

verborgenen [1]) Schiffe an der Donau und die in Schleswig (vgl. die Brücke von Owin) nach dem Gebrauche für die Rückfahrt unbrauchbar gemacht werden.

Wir haben aber von diesem Fergen am Vierwaldstättersee noch andere Spuren, welche seine aus den verglichenen Sagen erschlossene mythische Bedeutung als Todtenfährmann noch weiter bestätigen dürften.

Der älteste Todtenferge in der germanischen Mythologie ist *Odhin*, *Wuotan*. Eine Ver- wie Wate menschlichung Wuotans ist *Vada (Wato, Wate)*, der, ein heidnischer Christophorus, seinen Sohn *Wieland* auf den Schultern über den Gröna-Sund (zwischen Seeland, Falster und Mœn) trägt [2]). Ihm und seinem Geschlechte werden verschiedene Fertigkeiten beigelegt, die auf Fergen- und Schützenkunst Bezug haben. Er selbst ist nach der englischen Ueberlieferung Erfinder des Bootes; in der Wilkinasage gehört diese Erfindung seinem Sohne *Wieland* an [3]). und seine Nachkommen, Sein anderer Sohn *Eigil* ist der beste Schütze; auf dessen Sohn *Örwandil* vererbt sich, wie sein Jugendmythus vom Durchschreiten des Sundes auf Thôrs Rücken [4]) und das deutsche Gedicht vom gleichnamigen *Orendel* zeigt, die Schifferkunst [5]) und zugleich, was aus seinem Namen [6]) hervorgeht, die geschickte Handhabung des Pfeiles. Also eine ganze Familie von Trägern einer gedoppelten Fertigkeit, wozu bei Wate und Wieland noch, aus ähnlichen Eigenschaften Odhins abgeleitet, die Arznei-, Schmiede- und Fliegekunst kommt. Ausschliesslich Schiff und Pfeil gehören der Linie Eigil-Örwandil und ihren Wiederholungen in der Sage an, als welche *Toko* in der dänischen und *Tell* in der schweizerischen Heldensage allgemein anerkannt sind. Bei Eigil, dem ältesten deutschen Apfelschützen, wird die Fergenkunst neben der Schützenkunst nicht besonders erwähnt; Örwandil besitzt beide und ist ein Beispiel für die häufige Vererbung aller Sagenzüge vom Vater auf den Sohn (wie in seinem eigenen Jugendmythus auch Thôr der Sohn statt Odhins des Vaters als Todtenschiffer erscheint); bei Toko tritt statt der zweiten Kunst, statt der des Steuers, die des Schneeschuhs ein, während Tell, als direkter Erbe Eigils und Örwandils, wiederum der berühmte Apfelschütze und der unübertroffene Ferge ist. Mit Eigil dem Vater hat er den *Schuss* auf den dem Sohne aufgelegten *Apfel* [7]) und die *Antwort* an den Tyrannen gemein [8]), mit dem vermenschlichten Eigil, dem Toko, ebendieselben mythischen Züge, sowie denjenigen von einer *gewagten Fahrt* — hier auf Schneeschuhen, dort (ursprünglicher) auf dem Schiffe — und von der *Tödtung des Tyrannen durch einen Pfeil* [9]); von Örwandil dem Sohne endlich ist auf ihn, ausser andern Zügen, die

---

[1]) Nib. 1467: Daz wazzer was engozzen, diu schif verborgen. — [2]) Grimm Myth. [4] 312 (350). Simrock Myth. 242. — [3]) Simrock ebenda und 249. Grimm a. a. O., Wilk. Saga K. 20. — [4]) Skálda K. 17. Simrock a. a. O. 249. — [5]) a. a. O. 241 f. — [6]) Grimm a. a. O. 311 (349), Simrock a. a. O. 240. 243: Ör-wandill, der mit dem Pfeil Arbeitende, ags. earendel jubar = Pfeil. — [7]) Auch auf den Bruder muss nach der Vilkinasaga Eigil schiessen, trifft aber nur in die mit dem Blute der Königssöhne gefüllte Blase, die hier für den Apfel zu stehen scheint. — [8]) Wilk. Saga K. 27 (Simr. 241): „Herr, ich will nicht gegen Euch lügen: wenn ich den Knaben mit dem einen Pfeil getroffen hätte, so wären Euch diese beiden zugedacht." — [9]) Grimm Myth. [4] 315 (354). Hier bei Saxo hat sich die Tödtung des Tyrannen durch Toko an ein späteres geschichtliches Ereigniss, die Erschiessung des Königs Harald (i. J. 992) angeschlossen; aber sie war schon bei Eigil in der Tödtung der Kinder und dem nochmaligen Vergiessen ihres Blutes, sowie in der drohenden Antwort jenes ersten Schützen vorgebildet, ja schon in der mythischen Bedeutung der ganzen Sage als Jahresmythus von der Tödtung des Winters. Die näheren Umstände des zweiten Schusses stimmen allerdings bei Saxo und in der Tellsage ziemlich überein

wir nicht kennen, weil sein älterer Mythus verloren ist, die *Wasserfahrt* übergegangen, sowie der *Name*, der nach Simrock's höchst wahrscheinlicher Vermuthung nur der zweite Theil des Namens Orendel, Erendell, *Ern-Thelle* ist, während der erste, in welchem eigentlich beide Stämme des Wortes stecken, als der den Eigennamen vorgesetzte Titel „Ehren-" angesehen wurde. Der Ahn aller dieser Eigilonen aber ist Wate-Wuotan, der *Todtenferge*. Wenn nun Tell, der Erbe des Wuotans-Sohnes Eigil und des Wuotans-Enkels Örwandil, dieselben Thaten verrichtet wie diese, wenn er nachher wie Thôr (früher wohl Odhin) den Knaben durch die Fluthen rettet und endlich wie Thôr und Odhin im Felsen schläft: ist da der Schluss zu kühn, dass auch seine Thätigkeit am See ursprünglich ein Hindurchtragen oder -Führen durch das Todtenreich gewesen sei, wie diejenige Thôrs und Odhins, und dass der wunderliche Ferge zu Brunnen, dessen Beziehung auf das Todtenreich uns die burgundische u. a. Wandersagen gezeigt haben, nur die Vermenschlichung eines durch's Todtenreich schreitenden Gottes, ja dass es derselbe Held sei, welcher an der Tellsplatte sich aus dem Wasser und aus den Todesbanden rettet? Es hätten dann der einwandernden Alamannen die Sage vom Helden (Eren-) Tell, dem Apfelschützen und Ruderer — nicht Schneeschuhfahrer — zunächst aus der ebenen Schweiz, wo wenigstens Eigel wohl bekannt war, mitgebracht und sie an ihrem See lokalisiert, wo er das alterthümliche Fergenamt fortführte, das seine göttlichen Ahnen verrichtet und welches Eigil und Toko ganz oder fast ganz eingebüsst haben. Er wartet der Fähre bei Brunnen und kann das wandernde Volk oder einen Theil desselben nicht übersetzen; er rettet in der Nähe den Baumgarten über den See; er rettet sich in und aus dem todbedrohten Schiff an der nahen Tellsplatte; er erschiesst von dort aus, oder nach Andern in der hohlen Gasse, den winterlichen Tyrannen; er rettet als Greis dem Knaben vom Tode aus den Fluthen des Schächenbaches; er geht endlich allein oder als einer der „drei Tellen" in den Fels schlafen, der gegenüber Brunnen und der Tellsplatte über dem See steht, und wird zu seiner Zeit von da wiederkehren.

und vielleicht mit Tell identisch.

 Wir geben die letzten Bemerkungen vorläufig als blosse Vermuthung, und behalten uns vor, in anderem Zusammenhang darauf zurückzukommen. Das hingegen — um dem Gegenstand unserer Untersuchung uns wieder zuzuwenden — wird man auf jeden Fall zugeben, dass durch das Vorkommen eines sagenberühmten Fährmanns an demselben Gewässer auch die Sagenhaftigkeit jenes früheren Fergen, die sich schon aus den parallelen Sagen schliessen liess, eine neue Unterstützung erhält, wie umgekehrt dieser Zusammenhang der Tellsage mit der Schweizer Wandersage *gegen* eine späte Entlehnung der ersteren spricht.

(Rochholz Tell 60 ff.), aber doch nicht so genau, dass Saxo der letztern als Vorlage gedient haben müsste, und nicht vielmehr eine frühere Tradition vom Apfelschützen Tell und seiner Seefahrt, welche alterthümlicher ist als die Schneefahrt Toko's, sich mit den Erzählungen von benachbarten Meisterschützen verbunden haben könnte. Diese Apfel-, Nuss-, Ring-, Schiefertafelschützen sind erwähnt von Grimm a. a. O. 315 (354) ff.: Pálnatóki, Olaf Heming'r, Hemming Wolf zu Wewelsflet, Puncher (Sagittarius), William of Cloudesle, und von Rochholz a. a. O. 20 ff. 49 ff. Für die Schneefahrt mit dem leitenden Stab hätte die Sage in der Schweiz, auf deren Schneefeldern solche Fahrten etwas ganz Gewöhnliches sind, wohl kaum die Seefahrt gesetzt, wenn sie aus Saxo geschöpft hätte, wie Rochholz annimmt; sie kannte aber eben längst die Sage von dem Fergen Eigil-Tell, ehe ihr etwa die rheinische oder — viel später — die dänische Ueberlieferung zu Ohren kam. Den Mythus von Eigil weist Rochholz selbst für unsere Gegenden bis ins 8. Jahrh. hinauf nach. Tell 57.

Weitere *Anklänge* der schweizerischen Heldensage an die germanischen Wandersagen getraue ich mir nicht als alte *Nachklänge* derselben zu erklären, obwohl, bei ihrer Eigenartigkeit, auch an ein blosses *Echo* aus dem jungen Dickicht der Chronistenfedern nicht zu denken ist: es muss hier wohl die phantasierende Hand Saga's einmal bei zwei Völkern gleichen Stammes zufällig dieselben Töne gegriffen haben. Simrock [1]) geht ohne Zweifel irre, wenn er die Sage von König Ermentrich und der Gattin Sibich's in der vereint mit der Tellsage auftauchenden Erzählung von Wolfenschiessen und Baumgartens Weib wieder erkennen will, welche in den verschiedensten Befreiungssagen der schweizerischen Thäler wiederkehrt; wir werden auch in den der eigentlichen Wandersage angehörigen Erzählungen vom Verrath Wito's bei den Schwaben (oben S. 28)[2]) oder vom Einkampf des unfreien Langobarden (S. 25)[3]), keine Verwandtschaft mit ähnlichen sagenhaften Zügen aus dem Morgartenkrieg annehmen. Näher schon liegt es, einen Ursprung aus gemeinsamen alten Mythen einzuräumen nicht nur bei der Bergentrückung Tells oder der drei Tellen, wozu eine Parallele von Paulus Diaconus im Zusammenhang mit seiner Wandersage erzählt wird [4]), sondern namentlich auch bei der in der Schweiz ausserordentlich häufigen Ueberlieferung, dass die Frauen, wie in der langobardischen (und schwäbischen, beziehungsweise schwäbisch-sächsischen) Wandersage (oben S. 25. 28 f.) das bedrängte Vaterland retten. Die betreffenden Erzählungen, unter denen die von den Zürcherinnen und Appenzellerinnen die bekanntesten sind, hat Rochholz [5]) zusammengestellt; meistens schliesst sich daran, in Uebereinstimmung mit dem dänischen und im Gegensatz zum sächsischen Rechte (Uhland's Schrr. 8, 215 ff.), ein den Frauen ertheiltes Privileg. Ich füge dazu in der Note noch eine Sage aus dem Berner Oberlande [6]), wo zu der Hilfeleistung der verkleideten Frauen noch, wie bei den Langobarden, die Namengebung hinzutritt, während umgekehrt der (wahrscheinlich romanische) Ortsname den Anlass zur Lokalisierung dieses Zuges der altgermanischen Wandersage gegeben zu haben scheint.

---

[1]) Mythol. S. 242, wo „Chronik des weissen *Buches*" statt „Hauses" zu lesen ist. Vgl. V. d. Hagen, Heldenbuch I, CXXII und Thidrekssaga K 276. 277 (Raszmann, Heldensage II, 570) mit W. Buch CCVIIII (Geschichtsfreund 13, 70). — [2]) Die Hünenberge, nach Andern Heinrich von Hünenberg, verrathen durch einen über die *„letzy"* bei Art geschossenen Pfeil den Eidgenossen den Pass, wo sie den Feinden beikommen können (Etterlin Bl. 20). — [3]) Die schwyzerischen „Aechter" am Morgarten verdienen sich durch die entscheidende Eröffnung der Schlacht ihr Vaterland wieder (Etterlin ebenda). Dasselbe Motiv findet sich übrigens schon bei Winkelrieds Drachenkampf. Rilliet bezweifelt die Geschichtlichkeit der beiden Morgartensagen: Les Origines etc. p. 183. 188, Note 85. 90. — [4]) Oben S. 20. Grimm, dtsch. Sagen II, 29. Die sieben Schläfer bei Paulus sollen einst aufstehen und ihrem heidnischen Volke das Evangelium predigen. Aehnliche rettende Thaten erwartet der Volksglaube von all den zahlreichen bergentrückten Helden, so auch von den drei Tellen. — [5]) Deutscher Glaube und Brauch im Spiegel heidnischer Vorzeit II. — [6]) „Das Dörfchen *Falschen* bei Reichenbach im Kanderthal hiess früher *Engelburg;* jetzt trägt nur noch ein einzelner Hof daselbst diesen Namen. Die Walliser drangen vor Zeiten in's Kanderthal vor. Die Männer von Engelburg stellten sich ihnen entgegen. Die Engelburgerinnen aber waffneten sich, zogen Männerkleider an und eilten den Kämpfenden zu Hilfe. Als die Feinde den unerwarteten Zuzug kommen sahen, zogen sie sich voll Schrecken zurück. Von da an aber nannte man den Ort „*Falschen*"." Mitgetheilt von Pfr. Müller in Reichenbach. So die Volksüberlieferung, womit zu vgl. Rochholz a. a. O. II, 314.

III.

Ergebnisse.

Hat somit unsere Ueberlieferung mit den ältern germanischen Wandersagen ihre Grundzüge gemein; kommen aber in denselben und in der gleichzeitigen schweizerischen Heldensage
Abweichungen vor, die sich nur durch Zurückgehen auf ältere, allgemein germanische Mythen
erklären lassen, so müssen wir schliessen:

*Die schwyzerisch-haslerische Ueberlieferung ist der Rest einer süd-alamannischen Wander-
sage, welche neben und nach den Wandersagen der Gothen, Langobarden, Gotländer, Sweven
für sich bestand und mit diesen auf der allgemein germanischen Wandersage beruhte.*

Als *Inhalt* dieser ältern alamannischen Wandersage können wir nun genauer folgende Züge
bezeichnen: Herkunft des Volkes aus dem fernen Norden; Uebervölkerung und Hungersnoth;
doppelte Verordnung dagegen: monatliche, dann wöchentliche Ausloosung des Männerzehntens;
Dreitheilung des Heeres; Zug dem Rhein entlang und Kämpfe; Ansiedelung am Vierwaldstättersee, da das Schiff (welches später mit demjenigen des Todtenfergen verschmolz) unbrauchbar ist; andere (vielleicht frühere, oben S. 33) Ansiedelung jenseits des Sees, in
Unterwalden und Hasli; und wohl auch: List mit den Frauen in den Kämpfen gegen die
Nachbarn.

Diese Sage ruht, was namentlich die Theilnahme der Friesen zeigt, zunächst mit der
swevischen auf gemeinsamer Grundlage, und weist zurück auf die ursprüngliche Einheit der
Stämme. Die swevische wird, gleich der gothischen und langobardischen, als echt und selbständig anerkannt; auch die unsrige muss es sein.

Dass sie erst so *spät* schriftlich erwähnt ist,[1]) erklärt sich durch die späte und allmälige
Kolonisation des Alpenlandes und die noch spätere politische Bethätigung seiner Bewohner.

Dass sie uns so *modern* erscheint, ist nur Schuld eben dieser jungen Aufzeichnung,
besonders der gelehrtseinwollenden Darstellung des ersten eingehenden Bearbeiters — nicht
der folgenden —, welcher Umstände und besonders Namen[2]) in die Ueberlieferung einflocht,
von denen diese Nichts wusste.

Dass insbesondere die Schwyzer schon in den frühesten Darstellungen gelehrt-etymolo-
gisierend grade zu *Schweden* gemacht werden, ist eine müssige Zuthat zur Sage von der
nordischen Abstammung, ein ebenso „wohlfeiler und armseliger Einfall"[3]) wie die Identifizierung

---

[1]) Das Missiv von 1443 (Hungerb. 64. 68, vgl. oben S. 9, Anm. 5) erwähnt sie nicht, eben als offizielles
Aktenstück; in solchen erscheint sie erst viel später. — [2]) Diese Namen sind entweder einfach *ad hoc* fingiert:
so *Swicerus, Remus, Wadislaus, Runo, Resti, Schwyt, Hasnis* (denn der Anklang von *Haselou* oben S. 17 ist
eben so zufällig als der von *Haduloha, Hadalaon* in der sächsischen Sage, Müllenhoff a. a. O. 64 ff.) u. s. w.,
oder aus fremden Quellen erborgt, so besonders der Name des fränkischen Herzogs *Priamus* aus der Trojaner-
sage der Franken, ebenso wahrscheinlich Peter von Mos, worüber ausführlich Hungerbühler a. a. O. 41 ff. —
[3]) Müllenhoff a. a. O. 70.

von *Swevia* und Schweden in der schwäbischen Sage, die man desshalb doch nicht für uuecht erklärt. Der Gleichklang von *Svecia* und *Swites*, *Svicia* konnte leicht schon lange vor Kiburger irgend Einem auffallen und in die Sage eindringen; er kann sogar Anlass zur Wiederbelebung der schon verblassten Tradition gewesen sein.

Dass endlich die alamannische Wandersage (wie auch die von Eigil-Tell) sich nur auf so *beschränktem Gebiete* erhalten hat, erklärt sich aus dem allgemeinen Schicksale der Sagen, bei ihrem Zerfall nur da und dort in besonders günstigen Lagen ihre Spuren zu hinterlassen, — Knöchelchen, aus denen das Skelett wieder zusammenzusetzen ist. In der innern Schweiz dienten zur Konservierung die Stätigkeit im Leben der Bergvölker, die Freiheitsbestrebungen des 13. und 14. Jahrhunderts, endlich am Vierwaldstättersee die ganz einzigartige Oertlichkeit. So haben sich ja auch die andern Wandersagen, besonders die schwäbische, an bestimmte Stätten geheftet und dadurch wohl vielfach sich erhalten; solche sind Rügen, Schleswig, die Au an der Unstrut, Scheidungen, die von unserem Schauplatz wahrscheinlich nur eine Tagereise entferute Schwabaue,[1] endlich auch die Au bei Brunnen, am sagenumwobenen Vierwaldstättersee.

Wir halten also unsere Sage für ebenso original wie die übrigen Wandersagen, und müssen eine blosse Entlehnung aus Saxo, oder eine Erfindung Kiburger's, der dann am Ende auch noch die Fabeln des Weissen Buchs, namentlich die Tellsage, hätte zurichten helfen,[2] für unmöglich ansehen.

Auch für uns aber, nachdem wir die Verwandtschaft der Sage erkannt, bleibt natürlich als *historisch* darin gar Nichts bestehen als die Besiedelung der innern Schweiz von Norden her, und vielleicht noch die Theilnahme von Leuten des Friesenfeldes an den Schwabenzügen; *sagenhaft*, und zwar *echte und alte Sage*,[3] ist uns alles Uebrige, was uns nach Abstreifung der falschen Gelehrsamkeit (S. 34) noch geblieben ist.

---

[1] S. oben S. 28, Note 3. — [2] Bächtold, Stretl. Chronik S. LXXXV, Anm. 3. — [3] D. h. allgemein germanische, — und vielleicht sogar indogermanische, wie die Vergleichung der deutschen Wandersagen mit der *lydisch-tyrrhenischen* diess nahe legt, welche schliesslich noch angeführt sei. Die Lydier haben 18 Jahre lang eine *Hungersnoth* geduldig ertragen, indem sie auf sehr naive Weise Zeit und Hunger durch Spielen betrogen. Da das Uebel wächst, theilt der König Atys, ein Enkel des Zeus, das Volk in *zwei Theile* und lässt diese *loosen*, welcher unter dem Königssohn *Tyrsenos* auswandern, welcher unter dem Vater im Lande bleiben solle. Tyrsenos und die Seinen bauen sich zu Smyrna Schiffe, suchen auf weiter Fahrt Unterhalt und Wohnsitz, und landen endlich in Umbrien, wo sie nunmehr sich nach ihrem Führer Τυρσηνοί nennen. Herodot I, 94. Vgl. Strabo V, p. 335 (Steph.). Vellejus Paterculus I, 1, 4 (wo die *Brüder Lydus* und *Tyrrhenus* loosen müssen). Plutarch Quæst. Roman. p. 277, id. Romul. p. 33. Tacitus, Ann. IV, 55 (nach der Behauptung der Sardenser, welche *Lydus, Tyrrhenus* und *Pelops* als Lydier bezeichneten). Horat. Sat. I, 6, 1. Virg. Æn. II, 781 (Lydische Einwanderung). Nicht mehr als mit dieser Erzählung Herodot's hat unsere Schweizer Sage mit den übrigen *germanischen* Wandersagen gemein, und eine litterarische *Entlehnung* liesse sich noch wahrscheinlicher auf Herodot als auf Saxo zurückführen, wenn nicht die Annahme einer *Vererbung* allgemein germanischer oder indogermanischer Sage die viel natürlichere und einzig richtige wäre.

Und so kann denn wohl auch bei der festlichen Verbrüderung der Vertreter Schwedens und der Schweiz, welcher diese Untersuchung gewidmet war; einerseits das Schicksal dieser Sage uns Schweizer lehren, dass der Wahn einer ganz eigenartigen ruhmvollen Abstammung, welche ein freiheitsstolzes Völklein sich beilegte, vor der Kritik der Neuzeit und den grössern Anforderungen der Gegenwart an die Völker weichen muss; — es kann anderseits dieser innere Zusammenhang aller betrachteten Sagen von einer Herkunft aus Norden die Söhne Scadinavia's aufs Neue versichern, dass ein altes Band gemeinsamer Sitte und Sage immer noch von den Schweizerbergen hinaufreicht nach dem fernen *Norden*, dem Bewahrer unserer schönsten Mythen, —

„Denn *seines* Stammes rühmen wir uns alle!“

Bern, an Goethe's Geburtstag 1877.

Anhang

Ein schön Lied
vom
Vrsprung vnd Herkommen
der
Alten Schweitzeren,
insonderheit
dess Lands Hassle in Weyssland,
Auss alten Chronicken gezogen.
In seiner eygenen Melodey,
Oder in der Weyss:
Kompt her zu mir, spricht GOttes Sohn, etc.

---

1. O Mildter GOtt in deinem Reich,
Wie führst dein Vrtheil gwaltiglich,
Dem Reichen wie dem Armen!
Wer zu dir schreyt in aller Noth,
So bist du doch der gütig GOtt,
Vnd thust dich sein erbarmen.

2. Wann du eim Volck gönst Glück vnd Heyl,
So schaffst du jhm ein guten theyl;
Wol hie auff diser Erden
Kanst du sie führen mit deiner Hand
Durch frembde Stätt vnd weite Land;
Es muss probieret werden:

3. Wie das beschehen vor alter Zeit,
Ein Königreich in Schweden leit,
Von hinnen weit abgelegen;
Da wahr ein Thewre vber die mass,
Sie funden nichts auff keiner Strass:
Das thäten sie hertzlich klagen.

4. Die Thewrung hat gewehrt so lang,
Das man in Schweden kein Nahrung fand
Vnd in dem Land Ost-Friesen:
Da hand sie glitten grosse Noht;
Mancher starb durch gross Hunger-noht:
Das konten sie nicht kiesen.

5. Der König besamblet seinen Raht,
Er seit den Weisen von der sach,
Dann er gieng vmb mit Listen ;
Es ward gemehret mit der Hand :
Der Zehend musst vom Vatterland
Den andern sLeben zu fristen.

6. Nun hat es wahrlich den Verstand :
Keiner wolt auss dem Vatterland,
Sein eygen Hauss verlassen ;
Ein jeden dunckt in seinem Sinn,
Er wolt noch lieber daheimen seyn ;
Keiner wolt auff die strassen.

7. Da gab es ein verjrrte sach,
Darinn hat man ein Looss gemacht,
Man dorfft nicht weiter fragen :
Welchen es traff, der musst darvon,
Er wahr Baur oder Edelmann ;
Da halff kein weynen noch klagen.

8. All Monat ward das Zihl gesteckt ;
Gar manchen Menschen es erschreckt,
Das man sie thät vertreiben ;
Sie hatten gar ein grosse Klag ;
Sie mussten ziehn mit aller Haab,
Mit Kinden vnd mit Weiben.

9. Die Thewrung was so streng vnd hart,
Dass jhn das Ziel verkürtzet ward,
Namblichen alle Wochen ;
Welcher das Gebott nicht halten wolt,
Das Haupt man von ihm nehmen solt ;
Er dorfft nicht bessers hoffen.

10. Einer was reich, der ander arm ;
Sie schreyen all : das GOtt erbarm !
Wo wollen wir hinziehen ?
Wir müssen verkauffen was wir hand,
Verlassen vnser Vatterland,
Dass wir dem Hunger entfliehen !

11. Auss Ost-Friesen zoch ein gross Schar,
Kamend mit den Schweden dahar,
Die sach nahmen sie zhanden ;
Sie mussten ziehen vberall,
Auss Bergen vnd auss tieffe Thal,
Von Stätten vnd von Landen.

12. Drey Hauptleut wurden bald erwöhlt,
Sechs tausend Mann wurden gezehlt,
Auff die das Looss war kommen :
Die dorfften bleiben nimmermeh,
Dasselb thät ihn im Hertzen weh ;
Der HErr besucht die Frommen.

13. O HErr behüt ! was grossen Schmerz
Empfieng da manches Mutter Hertz !
Sie warn in grossem Leyden,
Litten Hunger, Frost vnd gross Noth,
Die Schwangern Frawen klagtens GOtt,
Noch thät man sie vertreiben.

14 Etlich führten dKind bey der Hand,
Sie hatten wenig Proviant,
Das thät ihr Hertz beschweren :
Es möcht erbarmen ein harten Stein,
Sie hatten weder Hauss noch heim :
Das klagtens GOtt dem HErren.

15. Da jhnen geben ward der Bscheid,
Da schwuren sie ein festen Eyd,
Ein ander nicht zverlassen :
O trewer GOtt in deinem Reich,
Theil vns dein Gaben miltiglich,
Wir müssen auff die Strassen !

16. Ihr Bund der war so gut vnd fest ;
Sie thäten all ein ander sbest
Auff Wasser vnd auff Lande ;
Sie zogen durch Berg vnd tieffe Thal,
GOtt war jhr Schirmer vberall,
Vnd führt sie bey der Hande.

17. Dann er es also haben wolt,
Dass man das Volck aussmustern solt,
Die wolt er han für eygen ;
Man muss durch Thrübsahl, Creutz vnd Leyd
Wider kommen zur Frölighkeit :
Das will sich hie erzeigen.

18. Wie tieff der Schnee im Winter leit,
So schmilzt er doch zur Sommer-zeit,
Also auch in diesen Sachen :
Wann GOtt der HErr braucht seine Ruth,
Eim Volck geschicht es offt zu gut ;
Er kans wol besser machen.

19. An eim Morgen man sie ziehen sach;
Ein Wunder, dass jhn sHertz nicht brach,
Wie sie mussten von hinnen!
Dann da musst mancher Bidermann
Mit Weib vnd Kinden all davon;
Hertzlich hört man sie weynen.

20. Sie hatten Hunger mehr dann Durst;
Lachen sie gar wenig gelust,
Doch thätens einander trösten:
Lasst vns dapffer vnd Mannlich seyn,
Im Namen GOttes ziehen hin,
Villeicht ists Leyden am grösten.

21. Ein ander hieltens Glaub und Trew,
Vnd bstunden allzeit fest dabey
In kleinen sachen vnd grossen,
Vnd liebten einander allzeit,
Bey jhnen was kein Hass noch Neyd,
Ist jhnen wol erschossen.

22. GOtt sie also ernehren thät,
Das Volck gar eygendtlichen redt,
Rufften zu GOtt dem HErren:
Sih an wie wir vertrieben sind,
Führ vns in andre Landschafft gschwind,
Da wir vns mögen nehren!

23. Sie zogen fürbass durch die Land,
Suchten ernstlich ihr Proviant,
In Armut thätens streben,
Vnd rufften ernstlichen zu GOtt,
Das er jhn geb das täglich Brot,
Damit sie möchten geleben.

24. Vnd das erhört der heylig Christ,
Der allzeit barmhertzig ist,
Die seinen stets thut speisen,
Vnd führt sie fürbass auff den Plan,
Das sie mussten kein Mangel han:
Die Strass kan er wol weisen.

25. Sie zogen dran in grosser gfahr,
Namend ein ander trewlich wahr;
In Stätten vnd auch Landen
Warend sie Hand-fest auss der mass;
Was jhnen begegnet auff der Strass,
Das nahmen sie zuhanden.

26. Wurden reich an fahrendem Gut,
Das bracht jhnen viel Frewd vnd Muth,
Vnd wolten nicht verzagen;
Dass sie vertrieben mit Weib vnd Kind,
Mit jhrem ganzen Haussgesind,
GOtt thäten sie es klagen.

27. Es ward Graff Peter vnd andern kundt,
Machten sich auff in kurtzer Stund,
Hand jhnen dStrass verzogen
Also mit einem starcken Heer,
Wolten jhn nehmen Haab vnd Gwehr,
Der wahn hat sie betrogen.

28. Die Graffen zogen mächtiglich,
Sie waren beyd auss Franckereich,
Wolten sich nicht benügen,
Sie zogen gegen dem armen Volck,
Als wärens eytel Hund vnd Wölff,
Thäten jhn Schaden zufügen.

29. Sie waren gar in grosser Noth,
Gar hertzlich schreyen sie zu GOtt,
Auff dass sie möchten bleiben,
Vnd baten GOtt im höchsten Thron,
Das er jhnen wolte beystahn,
Sampt jhren Kind vnd Weiben.

30. Der HErr der all Herzen erkendt,
Hat sich gnädig zu jhnen gwendt,
Dass sie hand vberwunden
Die Franckreicher mit jhrem Zeug,
Ein grosses Volck (ich gar nicht leug),
Gross Gut hand sie gewunnen.

31. Das Gut theilten sie Brüderlich
Den Hauptleuhten vnd Knechten gleich;
Drumb thät sie GOtt bewahren,
Das sie durch Stätt vnd weite Land,
Die jhnen warend vnbekandt,
Mit Frewden thäten fahren.

32. Sie zogen bey dem Rhein hinauff;
Dess Volcks dess war ein grosser hauff;
Ein Glegenheit sie funden
Im Herrtzogthumb zu Osterreich;
Dieselb war jhrem Lande gleich,
Darauss sie waren kommen.

33. Der Obrist, Sweitzerus genant,
Der hat gebätten vmb das Land,
Dass man jhn das liess reuten ;
Er hat viel Schaffe, Ross vnd Rind,
Darzu viel Weiber vnd auch Kind,
Darzu viel starcker Leuten.

34. Die Gegend hiess das Brochenbirg,
Daran da wuchs gut Fleisch vnd Milch,
Vnd auch viel schönes Korne:
Schweitzerus nach ward es genannt,
Ist manchem Menschen wol bekandt,
Auss Schweden war er erboren.

35. Dess Volcks war gar ein grosse Zahl ;
Das Land sie raumten vberall,
Hielten sich darinn mit Züchten ;
Sie danckten GOtt dem Vatter drumb ;
Kein Winckel war so schlecht vnd krumb,
Er gab viel guter Früchten.

36. Sie warend in dem Handel streng ;
Sie dunckt, das Land wölt werden zeng,
Thäten sich wol berahten :
Ein theil zog gegem schwartzen Birg,
Der jetzt Brünig genennet wird :
Ist jhnen wol gerahten.

37. Sie zogen vber das Birg gerüst,
Auff GOtt warend sie woll getröst,
Auff den stund jhr Vertrawen,
Vnd zogen hin wol in das Thal,
Drauss rinnt ein Wasser, heisst die Aar,
Das thäten sie fleissig bawen.

38. Da hand sie gwercket Tag vnd Nacht,
Biss dass jeder ein Hütten gmacht,
Darin sie allzeit wären ;
Sie hatten manchen strengen Tag,
Ehe jhnen sLand ein Nutzung gab,
Noch wolten sie nüt entpären.

39. Einer strenget den andern an,
Vnd rufften GOtt zumb Ghülffen an,
Liessen sich nicht verdriessen ;
Ihr Arbeit war auch nicht verlorn,
GOtt liess wachsen gnug Laub vnd Korn,
In aller nothdurfft zniessen.

40. Also hand sie sich ehrlich ernehrt,
Vnd ihre Kinder wercken glehrt,
Ein ander trewlich beygstanden :
Kompt jhnen und den jhren wol,
Billichen man das reden soll
In Teutsch vnd Welschen Landen.

41. Ein Fürstlich Statt ist Hassle gnant,
Ist glegen weit in Schweden Land,
Die thut man weit erkennen ;
Daher sind sie am ersten kon,
Das thut in ihrer Cronick stohn :
Drumb thut mans Hassler nennen.

42. sLand hand sie bsessen rühwiglich
Vnd lobten GOtt im Himmelreich,
Er hat sie ausserkohren,
Vnd jhnen diss Land geben ein,
Das sie darinnen sollen seyn :
Auss Schweden sinds geboren.

43. Ach GOtt wie hast sie gmacht so wehrt !
Kein streitbarer Volck ist auff der Erd ;
Sie haben auch viel Leute ;
Sie sind zogen ins Römisch Land,
Den Heyden than ein widerstand,
Durch GOttes Ehr gestritten.

44. Der Keyser in dem Römischen Reich
Wird vberfallen gwaltiglich
Als von den wilden Heyden,
Die sich da vnderstanden hand,
Zu vberwinden sChristen Land,
Vom heiligen Glauben zutreiben.

45. Zwen Keyser warend Brüder zRom,
Die hatten von dem Volck vernon,
Das kommen sey aus Schweden
So gar mit werhafftiger Hand
Gehn Hassle vnd ins Schweitzerland,
Gross Lob thät man jhn nachreden.

46. Die Keyser vnd König giengen zRuth :
Ihr wissend wie der handel staht,
Diss Volck wend wir beschreiben :
Die sind der Gerechtigkeit so hold,
Wend jhn verheissen reichen Sold,
Dass wir beym Glauben bleiben.

47. Dem König dSach gefallen thät,
Ein Bottschafft er erwöhlet hat,
Die sollt sich gar nicht saumen,
Vnd solt da eylen Tag vnd Nacht,
Biss es den Leuthen wurd kundt gemacht,
Den Christen zhülff zu kommen.

48. Der Hassler Hauptman ausserkorn,
In der Statt Hasius geborn,
Sein Mannheit will ich preisen :
Ladisslaus ist er genannt,
Den Römischen Keyser wol bekand,
Er hielt sich als die Weisen.

49. So bald dBottschafft gen Schweitz ist kon,
Hats Ladisslaus bald vernon,
Sprach : wir wends GOtt lahn walten,
Wöllend Kriegen durch GOttes Ehr,
Vnd solten wir ziehen vber Meer,
Den Christen Glauben zu bhalten.

50. Ladisslaus ein Hauptman fein,
Der wolt auch nicht der hinderst seyn,
Wolt mit Schweitzern ziehen ;
Damit zogen sie früh vnd spaht
So gar mit einhelligem Rath :
Kein Feind wöllen sie fliehen.

51. Als sie nun sind kommen gehn Rom,
Sind jhnen Keyser entgegen kon,
Hand sie gar schön empfangen :
Nach jhn hatten sie gross Begier,
Dann es traff an die Göttlich Ehr,
Nach jhn hattens verlangen.

52. Die zwen Hauptleuht die waren eins,
Darumb thäten sie diese Reiss,
Vnd wolten nicht verzagen ;
Christum den HErren rufftens an,
Dass Er allzeit bey jhn wolt stahn,
So wöltens nicht verzagen.

53. Zwen Hauffen machtens schnell vnd
Wie man das in der Croneck findt, [gschwind,
Wol in drey Hundert Jahre,
Darzu sieben vnd achtzig zahlt,
Gen Rom sind sie kommen gar bald,
Das ist nun gwisslich wahre.

54. Schweitzerus wolt am ersten dran ;
Er hat gar manchen kühnen Mann,
Gegem Feind thätens fechten,
Stritten Mannlich vnd vnverzagt,
Haben viel gschlagen vnd verjagt,
GOtt der HErr halff den rechten.

55. Der Römisch König mit seim Rath
Den Ladisslauss verordnet hat
Mit allen seinen Knechten :
Die Hut der Brück gab er jhn eyn,
Da mussten sie sein Wüchter seyn ;
Er trawt jhn wol zu fechten.

56. Die Engel Brück was gut vnd fest,
Schweitzerus thät sein allerbest
Mit stürmen vnd mit Kriegen :
Die Heyden wollten zwingen d'Welt ;
Durch GOttes hülff hats jhnen gfelt,
Ihr Hoffahrt thät sie triegen.

57. Sweitzerus war in grosser Noht,
Dem Ladisslaus er bald entbott,
Der kam ganz vnverzogen ;
Mit seinem Volk, so er da hat,
Gar Mannlich er auch zuhin trat,
Vnd spannt jhn bass den bogen.

58. Den Bogen hat er gspannet der mass,
Dass er die Heyden jagt auff dStrass,
Möchten nicht länger bleiben ;
Sie stuhnden wie die starcken Stier,
Biss sie die Feind erschlugen schier ;
Was vberig, thätens vertreiben.

59. Mit GOttes hülff gwunnen sie dSchlacht,
Den Keyseren gross Ruhm gemacht
Wol in denselben Tagen :
Die Heyden hatten sie aussgereut,
Dess hat man dazmal Fried vnd Gleit,
Gross Lob thät man jhn sagen.

60. Der Krieg hat also lang gewerht,
Das sie hernach hand vrlaub begerht
Von den Römischen Herren :
Sie giengen mit einander zRaht,
Was jeder wolt begeren für ein Gab,
Damit sie wurden geehret.

61. Vnd hatten beyd hie einen Bscheid :
Weil sie hatten der Christenheit
Zu Lob vnd Ehr gestritten :
So waren sie vertrieben weit,
Hatten kein Paner-zeichen im Streit,
Von Keysern woltens bitten.

62. Schweitzerus begehrt ein Zeichen roht,
Weil er hat gestritten in solcher Noht,
Ein Creutz auch bey der Stangen :
Dess ward er auch von Keysern gewerht,
Wie er von jhnen hat begerht,
Vnd hatte es erlanget.

63. Ladisslaus hat in seinem Sinn,
Vom Römischen Reich gefreyt zu seyn,
Keim Herren nicht verbunden :
Begerht ein Adler mit eim Haupt,
Ward jhm von Keyseren erlaubt,
Hat viel Freyheit bekommen.

64. Den Adler führtens im gelben Feld,
Der Edel Bär von Bern drob gstellt,
Das ist in jhrem Zeichen ;
Der Adler trägt ein gulden Cron,
Ist mit gross Arbeit vberkon,
Hat sie zRom müssen reichen.

65. Vnd auff der Cron ein weisses Creutz,
Das schetz ich warlich nicht vnnütz,
Bedeute auch jhr Zeichen :
Das es gwonnen durch GOttes Ehr,
Bestande durch sein Wort vnd Lehr,
Darvon sollens nicht weichen.

66. Sie hand erlitten Ellend vnd Schmach,
Doch empfahlend sie GOtt die Rach,
Thaten ein ander schweigen ;
Wann jederman dasselbig thät,
So dörfft es wenig vnser Räth,
GOtt kans selber wol schreiben.

67. Gleich wie Joseph verkauffet was
Durch seiner Brüder Neid vnd Hass,
Kam darnach zu grossen Ehren :
Die Hassler auch vertrieben sind,
Auss Friesenland mit Weib vnd Kind,
Das war der will des HErren.

68. So ich der Sachen bin bericht,
Gemahnets mich an Josephs Gschicht,
Thäten auch GOtt vertrawen ;
Weil sie warn von dem jhrn verjagt,
Habend sies GOtt im Himmel klagt,
Ein bessers hat Er jhnen geben.

69. dWohnung ist Hassle in Weyssland,
Manchen Menschen wolbekandt,
Auff den heutigen Tage :
Auss Schweden vnd Friesen ist jhr Gschlecht,
Wie ich solchs hab vernommen recht ;
Ab jhn führt man kein Klage.

70. Als sie das Land hand eingenou,
Vnd an dHerrschafft von Bern sind kon
Als willig Vnderthanen,
Sind frölich mit jhn zogen dran,
Mit manchem edlen kühnen Mann,
Sie hielten fest zusammen.

71. Allem Ghorsam sie waren gneigt,
Drumb het jhn GOtt fromb Obrigkeit
Auss gnaden thun bescheren ;
Kein Mensch es recht erzehlen kan,
Wer trewe Obrigkeit mag han
Von GOtt dem höchsten Herren.

72. Ihr Kleidung war von grober Zwilch,
Vnd jhr nahrung Fleisch, Käss vnd Milch,
Thäten sich darmit speisen ;
Reuthawen war jhr Geigenbogen,
Damit hand sie die Kind'r erzogen,
Starck Leuht gleich wie die Riesen.

73. Es soll niemands für vbel han,
Vnd denck hiemit ein jeder dran,
Mit seiner lieben Frawen :
Wie die Alten hand Hauss gehabt,
In einigkeit vnd Fried gelebt :
Den Spiegel solt man gschauwen.

74. Diss Lied zu gutem ist gedicht,
Damit ein jeder sey bericht,
Dass er sich hüt vor Sünden,
Denck, was sein Vordern glitten hand,
Ehe sie sind kommen ins Hassle Land,
Wie die Croneck thut verkünden.

75. Drumb sind sie aller Ehren wehrt,
Hand sich allzeit mit Arbeit gnehrt,
Biss auff die jetzig Zeite ;
Wöllend auch hinfür weiter dran,
Allzeit beym Bären trewlich stahn
Im Krieg gar nach vnd weite.

76. Damit hand sie jhr Tag erjagt,
Dass man viel guts von jhnen sagt ;
In GOttes forcht thätens leben,
Hatten einander lieb vnd wehrt,
Drumb gab jhn GOtt viel Glück auff Erd,
Darnach das ewig Leben.

77. Nach Inhalt der Croneck ist es gsetzt,
Zur Gdächtnuss gsungen vnd geschwetzt,
Der Landschafft zNutz vnd Ehren,
Damit ein jeder denck daran,
Vnd alles zum besten thu verstahn;
All Ehr ghört GOTT dem HErren, Amen.

ENDE.

LESARTEN.

2^2 ihnen W guter J — 3^4 über dmass J übergross M — 4^5 Hungers-Noht J sturb durch H. W — ^{6} nicht
vasen M — 5^1 seine R seinen J M — ^{2} sagt J M— ^{5} muchsst R müste M— 6^1 hät J W— ^{4} jeder M W— 7^1 ein
verwirrte J M W — ^{2} Darum M W — ^{3} dörft M — ^{4} er traff J müss M — 8^3 that J Kindern W — 9^4 Wer J
— ^{6} dörft M — 10^3 schrien M — 11^1 zog J — ^{4} müssten J — 12^5 Solches M — 14^4 möchts J — 16^4 durch
fehlt R J M — ^{6} mit d. H. W — 17^6 ich hier J W — 18^2 schwitzt R schmeltzt J — 19^4 man *fehlt* J — ^{3} Weil M
— ^{4} Edelmann M — 20^3 tädt man M — ^{5} gehen J M — 21^3 stuhnden J — 22^1 sie aber J M W — ^{6} ernehren J —
23^2 erstlich M W — 24^4 führet fürb. J W 25^3 trüwlich M — 26^1 fahrend J W — ^{2} brach R — 27^1 sie auff J
— ^{3} Hein M vorzogen J — ^{4} Herr R — 28^3 sie nicht begnügen J — 29^2 schrien W^2 — 30^6 hein M — 32^2 Volck
R J M — ^{4} Oesterreich J W — 33^1 Schweitzerus J — 34^1 Brochenburg R J M W — ^{8} Koren W — 35^2 Reüteden M
36^3 sie wol J — ^{4} gegen J — 37^1 übers J — 38^2 ein jeder J — ^{5} Eh J Nutzen J — ^{6} nicht verzagen M —
39^6 zguiessen J — 40^1 g'nährt W^2 — ^{5} Billicher J W — 41^3 weiter kennen R — 42^1 rühiglich J — ^{2} loben J W
— 43^2 ist *fehlt* R — 44^1 Käyser J — 45^1 Zwen Brüder waren Keiser Zrom M — ^{4} werschaftlicher M — ^{5} in J
— 47^1 dSchach R — 48^4 u. ö. Ladiklaus (al. Ladisklaus) M — 49^6 halten J — 52^5 ihn wolt beystahn J — ^{6} woltens
J — 53^4 Wo J — 54^4 Streiten R — 55^4 Hüt J ihm J W — 57^2 ers J — ^{5} zu ihm J — 58^1 that R — ^{4} Die J
— 59^2 Dem Keiser M — ^{4} ausgeraubt M — 61^6 Keyser R — 62^1 hat *fehlt* J — ^{3} nach bey W^2 — ^{4} Dis ward vom

K. ihm g. M — 63³ Kein J — 65⁸ soltens J — 66³ gschweigen J — ⁶ wol selber J — 68⁹ auf W — ¹ ihr J —
69² Manchem J — ⁶ Ob W — 70² von *fehlt* J W — 72¹ grobem J — ³ sie J W — ⁴ Reithauen J — 73⁶ sol
man schawen J — 74⁵ sind *fehlt* R J — ⁶ dChronick — 76⁸ Hernach M — 77¹ es *fehlt* R W — ⁵ thu *fehlt* R.

R = Druck von 1665 o. O., aus *Reichenbach* im Oberland. Vorlage des obigen Abdrucks.¹)
J = Druck o. O. u. J., aus Wyler, Gemeinde *Innertkirchen* im Oberhasli.
M = Abschrift von J. Roth in Willigen, Gemeinde *Meiringen* im Oberhasli.
W = Abschrift von *Wyss* 1811, Liedersamml. II, 112—185, nach der „Hs. eines Landmanns".
W² = Varianten bei *Wyss*, wahrscheinlich aus dem daselbst S. 145 erwähnten in *Saanen* gefundenen
Druck: Basel, bey Joh. Jac. Decker, in der Steinen Vorstadt (Mit Holzschnitt: Ziehende Schweizer,
voraus ein Trommler und ein Pfeifer); auch einen Druck etwa von 1740 hat Wyss gesehen.

¹) Nur einige verkürzte Formen (s. B. 15,1 Bscheid, 3 zverlassen), und offenbare Verbesserungen von Druckfehlern sind aus
den andern Versionen aufgenommen.

Andere Versionen des Liedes zu erhalten, ist meinen bisherigen Anfragen nicht gelungen. Zwei Ausg.
o. O. u. J. kannte Haller, Bibl. d. Schweiz. Gesch. IV, 529; eine aus dem 18. Jh. befindet sich in Luzern (mit
Wirsén-Rochholz übereinstimmend), vgl. Bächtold, Stretl. Chr. LXXXIII; der daselbst nach Hrn v. Stürler's
Mittheilung erwähnte verschollene Druck ist unser R.
Dass unser Poet (jedenfalls ein reformierter Geistlicher) ausser dem Kiburger'schen Herkommen auch
noch die Etterlin'sche Version benutzt hat (s. oben S. 14), ergibt sich aus folgenden Stellen, denen bei Kiburger
Nichts entspricht, wenigstens nicht so genau: Str. 5. V. 4 = Etterlin (Bl. 10) *das sy ein andern ûss dem selben
lande mêren muostent mit der mêren hand.* — 10⁴ und 7⁵ = Ett. *er wêre rich oder arm.* — 25¹ = Ett. *und
nâment alles das sy ankâment.* — 31¹ = Ett. *das teilttent sy trüwlich, glichlich vnder einandren, u. s. w.* —
Hingegen hat das Lied gegenüber Etterlin mit Kiburger gemein: den ganzen zweiten Theil (Römerzug) und die
hervorragende Theilnahme der Hasler (welche nach 41⁷, 42⁸ auch Schweden, nach 67⁵ Friesen, nach 69⁴ Schweden
und Friesen sind): 36—43, 48—50, 55, 57 f., 63—77, sodann die Erwähnung des *Königs* von Schweden, des *Rheins*,
des Grafen *Peter*, der Hauptleute (ausser *Remus*), des Herzogthums Oesterreich (bei Kib. zudem *Habsburg*), des
Brochenbirgs (bei Ett. dafür *Einsiedeln*), des *Brünig*, der Stadt *Hasius* oder *Hasnis*, endlich die Todesandrohung bei der Ausloosung. In der Anzahl der Auswanderer (6000) steht das Lied Etterlin (über 5000)
näher als Kiburgern (7200).
Im Lande selbst ist, wie die Sage überhaupt, so namentlich unser *Lied* noch sehr lebendig im
Gedächtnisse des Alters wie der Jugend, von der es sogar da und dort an Schulprüfungen vorgetragen wird.
Die Melodie des Liedes, welches nach einer Kirchenweise oder nach dem beliebten Ton „ *Wiewohl ich bin ein
alter Gris"* gieng — er heisst auch „ *Bruder-Klausen-Ton"* von dem Unterwaldner Volkslied auf Niklaus von
der Flüe — scheint verloren zu sein. Ueber die Herleitung der drei haslerischen Geschlechter *von Beringen*
(heute *von Bergen*), *von Weissenfluh* und *Stocker* von den drei Häuptlingen der Einwanderer, sowie über den „auf
seemännisches Herkommen deutenden" Dreizack im Siegel Wernher's von Beringen zu Anfang des 15. Jahrh-
vgl. Schweiz. Geschichtsforscher VIII, 315.
Man erinnert sich im Oberhasli auch noch anderer Lieder über die Einwanderung; ein Bruchstück lautet
(nach Hrn. GemdR, Steudler in Wyler):

Mancher Mutter die Kind
An der Brust verschieden sind,
Auch manche Mutter g'storben,

Dass noch die Kindli klein
An Brüsten g'legen sein,
Und so noch haben g'sogen.

Die jetzige mündliche Tradition, wie sie namentlich beim „Dorfen" (nachbarlichen Besuchen) an den
Winterabenden gepflegt wird, berichtet meist von einer Seefahrt der Schweden zu den Friesen und weiss auch
die Stationen der Wanderung anzugeben, namentlich den Rhein, Basel, Zürich. Gönnen wir ihr auch in
dieser ihrer rationalistischen Phase noch einigen Fortbestand!

Kommissionsverlag der J. Dalp'schen Buchhandlung (C. Schmid) in Bern.